目録

（第五册）

第四十二回至第五十回

第四十二回　蘅蕪君蘭言解疑語　瀟湘子雅謔補餘香

【回前】誰說詩書解誤人，豪華相尚失天真。見得古人原立意，不正心身總莫論。

庚：釵、玉名雖二個，人却一身，此幻筆也。今書至三十八回時已過三分之一有餘，故寫是回，使二人合而爲一。請看黛玉逝後寶釵之文字，便知余言不謬矣。

話說賈母一時醒了，就在稻香村擺晚飯。賈母因覺懶懶的，也沒吃飯，便坐了竹椅小轎，回至房中歇息，命鳳姐等去吃飯。他姊妹們方復進園來。吃過飯，大家散出，都無別話。

且說劉姥姥帶着板兒，先來見鳳姐，說：『明兒一早定要家去了。雖然住了兩三天，日子卻不多，把古往今來沒見過的，沒吃過的，沒聽過的，都經驗了。難得老太太和姑奶奶并那些小姐們，連各房裏姑娘們，都這樣憐貧惜老的照看我。我這一回去，沒別的報答，惟有請些高香天天(一)給你們念佛，保佑你們長命百歲的，就算我的心了。』鳳姐笑道：『你別喜歡。都是為你，老太太也被風吹病了，睡着說不好過呢。我們大姐兒也着了涼，在那裏發熱呢。』劉姥姥聽了，忙嘆道：『老太太有年紀的人，不慣十分勞乏的。』鳳姐道：『從來沒像昨兒高興。往常進園子逛去，不過到一兩處坐坐就回來了。因為你在這裏，要叫你逛逛，一個園子走了多半個。大姐兒因找我去了，太太遞了一塊糕給他，誰知風地裏吃了，就發起熱來。』劉姥姥道：『小姐兒祇怕不大進園子，生地方，小人家比不得我們的孩子們，會走了，就墳圈子裏跑去。一則風撲了，也是有的；二則祇怕他身上幹淨，眼又幹淨，或是遇見什麼神了。依我說，給他瞧瞧祟書本子，仔細撞客着。』一語提醒了鳳姐，便叫平兒拿出《玉匣記》來，叫彩明念。彩明翻了一會念道：『八月二十五日，病者，東南方得之，遇見花神。用五色紙錢四十張，向東南方四十步送之，大吉。』鳳姐道：『果然不錯，園子裏頭可不是花神！祇怕老太太也是遇見了(二)。』一面說，一面命人請兩分紙錢來，着兩個人來，一個與賈母送祟，一個與大姐送祟。果見大姐兒安穩睡了。庚：豈真送了就安穩哉？蓋婦人之心意皆如此。即不送，豈有一夜不睡之理？作者正描愚人之見耳。

鳳姐笑道：『到底是你們有年紀的人經歷的多。我這大姐兒時常要病，也不知是什麼原故。』劉姥姥道：

『這也有的事。富貴人家養的孩子太嬌嫩，自然禁不得一些兒委屈；再他小人家，過于尊貴了，也禁不起。以後姑奶奶倒少疼他些就好了。』鳳姐道：『這也有理。我想起來，他還沒個名字，你就給他起個名字，借借你的壽；二則你們是莊稼人，不怕你惱，到底貧苦些，你這貧苦人起個名字，祇怕還壓的住他。』

庚：這一篇愚婦無理之談，實是世間必有之事。

劉姥姥聽說，便想了一想，笑道：『不知他幾時生日？』鳳姐道：『正是呢。生的日子不大好，可巧是七月初七。』劉姥姥忙笑道：『這個正好，就叫他作巧哥兒罷。這叫作「以毒攻毒，以火攻火」的法子。姑奶奶定要依我這名字，他必長命百歲。日後大了，各人成家立業，或一時有不遂心的事，必然是遇難成祥，逢凶化吉，卻從那「巧」字上來。』蒙側：作讖（原作簽）語，以影射後文。◎靖眉：應了這話固好，批書人焉能不心傷！獄廟相逢之日，始知『遇難成祥，逢凶化吉』，實伏綫千裏。哀哉，傷哉！此後文字，不忍卒讀！□□辛卯冬日。

鳳姐聽了，自然歡喜，忙道謝，又笑道：『你祇保佑他應了你這話，就好了。』說着叫平兒來吩咐道：『明兒咱們有事，恐怕不得閑兒。你這空兒閑着，把送姥姥的東西打點了，他明兒一早就好走的便宜了。』劉姥姥忙說：『不要多破費，已經遭擾了幾日，又拿着走，越發心裏不安起來。』世俗常態。逼真。鳳姐道：『也沒有什麼，不過隨常的東西。好也罷，不好也罷，帶了家去，你們街坊鄰舍看着也熱鬧些，也是上城一次。』說着，衹見平兒走來說：『姥姥過這邊來瞧瞧。』

劉姥姥忙跟了平兒到那邊屋裏，衹見堆着半炕東西。平兒一一的拿與他瞧，又說道：『這是你昨兒要的青紗一匹，奶奶另外送你一個實地子月白紗作裏子。這是兩個繭綢，做襖兒做裙子都好。這包袱裏是兩匹綢子。年下做件衣服穿。這是一盒子各樣的內造點心，也有你吃過的，也有你沒吃過的，拿去擺碟子請客，比你們買的強些。這兩條口袋是你前兒裝瓜果來的，如今這一個裏頭裝了兩鬥玉田京米，熬粥是難得的；這一條裏是園子裏的各樣的果子。這一包是八兩銀子。都是我們奶奶給的。這兩包每包裏頭五十兩，共是一百兩銀子，是太太給的，叫你們拿去或者作個小本買賣，或是置幾畝地，以後再別求人靠友〔三〕的。』說着又悄悄的笑道：『這兩件襖兒和這條裙子，還有四塊包頭，一包絨綫，可是我送姥姥的。那衣裳雖是舊的，我也沒大很穿，你要弃嫌，我就不敢送了。』平兒說一樣，劉姥姥念一句佛，已經念了幾千佛了，又見平兒也送他這些東西，又如此謙遜，忙念佛道：『姑娘說那裏話來？這樣好東西我還弃嫌！我便有銀子還沒處買這樣的去呢。衹是怪臊的，收了〔四〕不好，不收，又辜負了姑娘的心。』平兒笑道：『休說外話，咱們都是自己，我才這樣。你放心收罷，我還和你要東西呢。到年下，你衹把你們曬的那灰條菜幹子和豇豆、葫蘆條兒各樣菜幹帶些來，我們這裏上上下下都愛吃。這個就算了，别的一概不要，别枉費心。』劉姥姥千恩萬謝的答應了。平兒道：『你祇管睡你的去。我替你收拾妥當了就放在這裏，明兒一早打發小廝們雇了車來裝上，不用你費心。』

劉姥姥越發感激不盡，過來又千恩萬謝的辭了鳳姐，方過賈母這邊睡了一夜，次早梳洗了就要告辭。因賈母欠安，衆人都過來請安，命人出去傳請大夫。一時婆子回說大夫來了。老嬷嬷們要請賈母進帳子去，放下帳子來。賈母道：『我已老了，那裏養不出那阿物兒來，還怕他笑話不成！不用放帳子，就對面瞧罷。』衆婆子聽了，便拿過一張小桌子來，放下一套書，便命人出去請大夫。

一時，祇見賈珍、賈璉、賈蓉三個人將王太醫領進。王太醫不敢走甬路，祇走邊磚，跟着賈珍到了階磯上。早有四個婆子走在兩邊打起簾子，邁步進去，祇見寶玉迎了出來。祇見賈母穿着青皺綢一鬥珠的羊皮褂子，端坐在榻上，兩邊四個未留頭發小丫頭都拿着蠅帚、漱盂等物；又有五六個老嬷嬷雁翅排立兩旁。碧紗櫥後，隱隱約約有許多穿紅着緑，戴寶簪珠的人。王太醫便不敢抬頭，上來請了安。賈母見他穿着六品服色，便知是御醫了，含笑稱呼：『供奉好？』因問賈珍：『這位貴姓？』賈珍道：『姓王。』賈母笑道：『當日太醫院正堂有個王君效，好脈息。』王太醫忙躬身低頭，含笑回說：『那是晚生的家叔祖。』賈母聽了，笑道：『原來也是世交。』一面說，一面慢慢的伸手放在書上。王太醫忙屈膝在榻上，歪着頭診了半日，又診那祇手畢，忙欠身低頭退出。賈母笑道：『勞動。珍兒讓出去書房裏坐，好生看茶。』

賈珍、賈璉等忙答應了幾個『是』，復領王太醫出至外書房中。王太醫說：『太夫人并無別癥，不過偶感一點風寒，究竟不用吃藥，不過略清淡些，常暖着一點兒，就好了。如今寫個方子在這裏，若老人家愛吃呢，便按方煎一劑吃；若懶怠吃，也就罷了。』說着，吃了茶，寫了方。剛要告辭，祇見奶子抱了大姐出來，笑說：『王老爺也瞧瞧我們。』王太醫聽說，忙站起來，就奶子懷裏，用左手挽着大姐兒的手，右手診了診脈，又摸一摸頭，又叫伸出舌頭來瞧瞧，笑道：『我說了，姐兒又要罵我了，祇是要清清淨淨、餓兩頓就好了。不必吃煎藥，我送幾丸丸藥來，臨睡時用姜湯研開，吃下去就好了。』說畢告辭。賈珍等送出，回來拿了藥方，回明賈母，命將藥方放在案上出去，不在話下。這裏王夫人和李紈、鳳姐、寶釵姊妹們見大夫出去，方從櫥後出來。王夫人略坐了一坐，也回房去。

劉姥姥見無事，方上來向賈母告辭。賈母說：『閑了再來。』又命鴛鴦來：『好生打發你姥姥出去，我身上不好，不能送了。』劉姥姥十分道了謝，又作辭，方同鴛鴦出來。到了下房，鴛鴦指炕上一個包袱說道：『這是老太太的兩件衣裳，都是往年間生日節下衆人孝敬的，老太太從不穿人家做的，收着也是白收着，卻是一次也沒穿過的。（蒙側：寫富貴常態，一筆作三五筆用。妙文。）昨兒叫我拿出兩套來送你帶回去，或是自己家裏穿或是送人。這盒子裏是你要的面果子。這包兒裏是你前兒說要梅花點舌丹，也有紫金錠，也有活絡丹，也有清心丸，每一樣是一張方子包着，總包在裏頭了。這是兩個荷包，帶着玩罷。』說着便抽開系子，掏出兩個筆錠如意的錁子來給他瞧瞧，笑道：『荷包你拿去，這個留下給我罷。』劉姥姥已經喜出望外，早又念了幾千聲佛，聽鴛鴦說，便說道：『姑娘衹管留下罷了。』鴛鴦見他信以為真，便笑着仍與裝上，說道：『哄你玩呢，我有好些呢。（蒙側：逼真。）你留着年下給小孩子們罷！』說着，衹見一個小丫頭拿了成窰鐘子來遞與劉姥姥，道：『這是寶二爺給你的。』劉姥姥道：『這是那裏說起？我那一世修了來的，今兒這樣的？』說着便接過來。鴛鴦道：『前兒我叫你洗澡，換的那衣裳是我的，你不弃嫌，還有幾件，也送你罷。』劉姥姥又忙道謝。鴛鴦果然又拿了兩件出來與他包好。劉姥姥又要到園中辭謝寶玉和衆姊妹、王夫人等去。鴛鴦道：『不用去了，他們這會子也不見人，回來我替你說罷。閑了可再來。』又命一個老婆子。吩咐他：『二門上叫個小子來，幫着她拿出去。』婆子答應了，又和劉姥姥到了鳳姐那邊，一并拿了東西，雇了車兒，命小廝搬了出去裝上，一直送劉姥姥上車去了不提。

且說寶玉等吃過飯，又往賈母處問過安，回園中，至分路各歸之時，寶釵便叫黛玉道：『顰兒跟我來，有一句話問你。』黛玉便同了寶釵，來至蘅蕪院中。進了房，寶釵便坐了，笑問道：『你跪下，我要審你。』蒙側：嚴整。黛玉不解何故，因笑道：『你們瞧這寶丫頭瘋了！你審我什麼？』寶釵冷笑道：『好個不出閨門的女孩兒！好個千金小姐！滿嘴裏說的都是什麼？你實說便罷。』黛玉不解，衹管發笑，心裏也不免疑惑起來，口裏衹說：『我何曾說什麼來？你不過拿我的錯兒罷了。你倒說出來我聽。』寶釵笑道：『你還裝憨兒。昨兒行酒令兒你說的是什麼？我竟不知是那裏來的！』蒙側：何等愛惜。黛玉一想，方想起來了，昨日失于檢點，把《牡丹亭》《西廂記》說了兩句，不覺紅了臉，便上來摟着寶釵，笑道：『好姐姐，原是我不知道隨口說的。你教導我，我再不說了。』蒙側：真能受教。尊重之態，嬌痴之情，令人愛煞！寶釵笑道：『我也不知道，聽你說的怪生的，所以請教你。』黛玉道：『好姐姐，你別說與別人知道，我以後再不說了。』

寶釵見他羞得臉飛紅，滿口央告，便不肯再追問了，因拉他坐下吃茶，款款的告訴他道：『你當我是誰？

我也是個淘氣的。從小兒七八歲上〔五〕夠個人纏的。蒙側：若無下文，自己何由而知？筆下一絲不露痕迹中補足，存小姐身份，顰兒不得反問。我們家也算是個讀書人家，靖眉：『也算』二字太謙。祖父手裏也極愛藏書。先時人口多，姊妹弟兄也在一處，都怕看正經書。弟兄們也有喜詩的，也有愛詞的，諸如這《西廂》《琵琶》以及《元人百種》，無所不有。蒙側：藏書家當留意。他們背着我們看，我們卻偷着背了他們瞧。後來大人知道了〔六〕，打的打，罵的罵，燒的燒，才丟開了。所以咱們女孩兒家不認得字的好。男人們讀書不明理，尚且不如不讀書的，何況你我！就連作詩寫字等事，這并非你我分内之事，究竟也不是男人分内之事。靖眉：男人分内究是何事？男人們讀書明理，輔國治民，這便好了。蒙側：作者一片苦心，代佛說法，代聖講道，看書者不可輕忽。祇是能有幾個這樣？讀了書倒更壞了。這是讀書誤了他，可惜他倒把書糟蹋了，所以倒是耕種買賣，倒沒什麼大害處。你我祇該做些針綫之事才是，偏又認得了字，既認得了字，不過揀那正經書看看也罷了，最怕是見了這些雜書，移了性情，就不可救了。』一席話，說的黛玉垂頭吃茶，心下暗服，祇有答應『是』的一字。

忽見素雲進來說：蒙側：結得妙。『我們奶奶請二位姑娘商議要緊事呢。二姑娘、三姑娘、四姑娘、史大姑娘、寶二爺都在那裏等着呢。』寶釵道：『又有什麼事？』黛玉道：『咱們到那裏就知道了。』說着便和寶釵往稻香村來，果然衆人都在那裏。

李紈見了他兩個，先笑道：『社才起，就有脫滑的了，四丫頭要告一年的假呢。』黛玉笑道：『都是老太太昨兒一句話，又叫他畫什麼園子圖呢，惹得他樂得告假了。』探春笑道：『也別怪老太太，都是劉姥姥一句話。』黛玉忙接道：『可是呢，都是他一句話。那一門子的姥姥，直叫他個「母蝗蟲」就是了。』說的衆人都笑了，寶釵笑道：『世上的話，到了鳳丫頭嘴裏也就盡了。幸而鳳丫頭不認得字，不大通，不過一概是市俗取笑。惟有顰兒這促狹嘴，他用「春秋」的法兒，市俗的粗話，撮其要，刪其繁，再加潤色比方出來，一句是一句。這「母蝗蟲」三字，把昨日那些形景都現出來了。蒙側：觸目驚心，請自回思。虧他想的倒也快。』衆人聽了，都笑道：『你這一注解，也就不在他兩個以下。』李宮裁道：『我請你們來，大家商議，給他多少日子的假？我給了他一個月，他嫌少，你們怎麼說？』黛玉道：『論理一年〔七〕也不多。這園子蓋才蓋了一年。如今要畫，自然得二年的工夫呢。又要研墨，又要蘸筆〔八〕，又要鋪紙，又要着顏色，又要……』剛說到這裏，衆人知道他是取笑惜春，便都笑問說：『還要怎樣？』黛玉也自己撐不住，笑道：『又要照着樣兒慢慢的畫，可不得二年的工夫！』衆人聽了，都拍手笑個不住。寶釵笑道：『有趣，最妙落後一句是：「慢慢的畫」，他可不畫去，怎麼就有了呢？所以昨日那些笑話兒雖然可笑，回想是沒味的。你們細想顰兒這幾句話，雖淡淡的，回想卻有滋味。我倒笑的動不得了。』庚：看他劉姥姥笑後復一笑，亦想不到之文也。聽寶釵之評，亦千古定論。惜春道：『都是寶姐姐贊的他越發逞起強來了，這會子又拿我取笑兒。』黛玉忙拉他，笑道：『我且問你，還是單畫園子呢，還是連我們衆人都畫上呢？』惜春道：『原說衹畫這園子的，昨兒老太太又說，單畫園子成了個房樣子了，叫連人都畫上，就像「行樂」似的才好，我又不會這工致樓臺，又不會畫人物，又不好駁回，正為這個為難呢。』黛玉道：『人物還容易，你草蟲上能不能？』李紈道：『你又說不通的話了，這個上頭那裏又用的着〔九〕草蟲了？或者羽毛倒要點綴一兩樣。』黛玉笑道：『別的草蟲兒不畫罷了，昨兒的「母蝗蟲」不畫上，豈不缺典！』衆人聽了，又大笑起來。黛玉一面笑的兩手捧着胸口，一面說道：『你快畫罷，我連題跋都有了，起個名字，就叫作《攜蝗大嚼圖》。』蒙側：愈出愈奇。衆人聽了，越發笑的前仰後合。衹聽『咕咚』一聲響，不知什麼倒了，急忙看時，原來是史湘雲伏在椅子背上笑的，那椅子原不曾放穩，被他全身伏着背子大笑起來，他又不防，兩下裏錯了勁，向東一歪，連人帶椅子都歪倒了，幸有板壁擋住，不曾落地。衆人一見，越發笑個不住。寶玉忙趕上去扶了起來，方漸漸的止了笑聲。

寶玉和黛玉使個眼色兒，黛玉會意，蒙側：何等妙文！故意唐突。便走至裏間屋裏，將鏡袱揭起，照了照，衹見兩鬢略鬆，忙開了李紈的妝奩，拿了抿子來，對鏡抿了兩抿，仍舊收拾好了出來，指着李紈道：『這是你帶着我們做針綫、教道理呢，你反招了我們來大玩大笑的。』李紈笑道：『你們聽他這刁話！他領着頭兒鬧，引着衆人笑了，倒賴我的不是。真真恨的我衹保佑着你明兒得個利害婆婆，再得幾個千刁萬惡的大姑子、小姑子，試試你那會子還這麼刁不刁了。』蒙側：收結轉折，處處情趣。

黛玉早紅了臉，拉着寶釵說：『咱們放他一年的假罷。』寶釵道：『我有一句公道話，你們聽聽。四丫頭雖會畫，不過是幾筆寫意。如今畫這園子，非離了肚子裏有幾幅丘壑的如何成得。這園子都是像畫兒一般，山石樹木，樓閣房屋，遠近疏密，也不多，也不少，恰恰的是這樣。你既照樣兒往紙上畫，是必不能討好的。這要想紙上的地步，遠近該多少，分主分賓，該添的要添，該減的要減，該藏的要藏，該露的要露。這一起了稿子，再端詳斟酌，方成一幅圖樣。第二件，這些樓臺房舍，是必要用界劃的。一點不留神，欄杆也歪了，柱子也塌了，門窗也斜了，階磯也離了縫，甚至于桌子擠到牆裏頭去，花盆放在簾子上，豈不倒成了一張笑「話」兒？第三件，安插人物，也要有疏密，有高低。衣褶裙帶，手指足步，最是要緊的；下筆不細，不是腫了手，就是跏了腳，染臉撕發倒是小事。依我想，竟難的很。如今一年的假也太多，一月也太少，竟給他半年的假，再派寶兄弟幫着他。并不是為寶玉知道教着他畫，那就更誤了事了。為的是有不知道的，或難安插的，好叫寶兄弟拿出去問問那幾個會畫的相公，就容易了。』

寶玉聽了，先喜的說：『這極好。詹子亮的工致樓臺就極好，程日興的美人是絕技，如今就問他們去。』寶釵道：『我說你是無事忙，說了一聲，你就要問去。也等着商議定了再去。如今且說拿什麼畫？』寶玉道：『家裏有薛濤紙，又大又托墨。』寶釵冷笑道：『我就說你不中用！那薛濤紙寫字、畫寫意兒，或是會山水的畫南宋山水，最托墨，禁得皴搜。若拿來畫這圖，又不托色，又難烘染，畫也不好，紙也可惜。我教你一個法子。原先蓋這園子，就有一張細致圖樣，雖是匠人描的，那地步、方向是不錯的。你和太太要了出來，也比着那紙大小，和鳳丫頭要塊重絹，叫相公給礬了出來，叫他照這園樣刪削着立了稿子，添了人物就是了。就是配這些青綠顏色并泥金泥銀，也得他們配去。你們也得籠上風爐子，預備化膠、出膠、洗筆。還得一個粉油大案，鋪上氈子好畫。你們那些碟子也不全，筆也不全，都得從新再置才好。』惜春道：『我何曾〔十〕有這些畫器？不過寫字的筆畫畫罷了。就是顏色，衹有赭石、廣花、藤黄、胭脂這四樣〔十一〕。再有，不過是兩支着色的筆就完了。』寶釵道：『你怎不早說？這些東西我卻還有，衹是你也用不着，給你也白放着，如今我且替你收着，等你用着這個的時候我送你些，也衹可留着畫扇子，若畫這大幅的也就可惜了的。今兒替你開個單子，照着單子和老太太要去。你們也未必知道的全，我說着，寶兄弟寫。』寶玉早已預備下筆硯，原怕記不清白，要寫了記着，聽寶釵如此說，喜的提起筆來靜聽。寶釵說道：『頭號排筆四支，二號排筆四支，三號排筆〔十二〕四支，大染四支，中染四支，小染四支，大南蟹爪十支，小蟹爪十支〔十三〕，須眉十支，大著色二十支，小著色二十支，開面十支，柳條二十支，箭頭四兩，南赭四兩，石黃四兩，石青四兩，石綠四兩，管黃四兩，廣花八兩，蛤粉四匣，胭脂十張，大赤飛金二百張，魚子金二百張，青金二百張，廣勻膠四兩，淨礬二兩。礬絹的膠礬在外，別管他們，衹把絹交出去叫他們礬去。這些顏色，咱們淘澄飛跌〔十四〕着，又玩了，又使了，包你一輩子都夠使了。再要頂細的絹籮四個，粗籮二個，揮筆四支，大小乳鉢四個，大粗碗二十個，五寸碟子十個，三寸碟子三十個，風爐兩個，大小沙鍋四個，新瓷缸二個，新水桶四衹，長一尺白布口袋四條，桴炭二十斤，柳木炭一斤，三屜木箱一個，實地紗一丈，生姜四兩，醬半斤。』黛玉忙道：『鐵鍋一口，鐵鏟一個。』寶釵道：『做什麼？』黛玉笑道：『你要生姜和醬這些作料，我替你要口鍋來，好炒顏色吃。』衆人都笑起來。寶釵笑道：『你那裏知道〔十五〕，那粗色碟子保不住不上火烤，不拿姜汁子和醬先抹在底子上烤過，一經火就炸的。』衆人都道：『原來如此。』

黛玉又看了一會單子，拉着探春悄悄的道：『瞧！畫畫兒又要這樣水缸箱子來了。想必他糊塗了，他把他的嫁妝單子也寫出來了。』探春『哎』了一聲，笑了個不住，說道：『寶姐姐，你還不擰他的嘴？你問問他說你的是什麼話？』寶釵道：『不用問，狗嘴裏還有象牙！』一面說，一面走來，把黛玉按在炕上，便要擰他的嘴。黛玉笑着忙央告道：『好姐姐，饒了我罷！顰兒年紀小，衹知說，不知道輕重，做姐姐的教訓我。姐姐不饒我，我還求誰去？』衆人不知話内有因，都笑道：『說的好可憐見的，連我們也軟了，饒了他罷。』寶釵原要和他玩的，忽聽又拉扯上前番說他胡看雜書的話，便不好再和他厮鬧了，便放起他來。黛玉笑道：『到底是姐姐，要是我，再不饒人的。』寶釵笑指他道：『怪不得老太太疼你，衆人愛你伶俐，今兒連我也怪疼你的了。過來，我替你把頭發攏一攏。』黛玉果然轉過身來，寶釵用手替他攏上去。寶玉在旁看着，衹覺更好看，不覺後悔不該令他抿上鬢去，也該留着，叫我替他抿去。蒙側：又一點，作者可稱無漏子。正自胡想，衹見寶釵說道：『寫完了，明兒回老太太去。若家裏有的就罷，沒有的，去買了來，我幫着你們配。』寶玉收了單子。

大家閑話了一會，至晚飯後，又往賈母處請安。賈母原非大病，不過是勞乏了，着了些涼，溫存了一日，又吃了一劑藥疏散了疏散，至晚也就好了。不知次日又有何事，下回分解。

總評

摹寫富貴，至于家人女子，無不妝點；論詩書，講畫法，皆盡其妙；而其中隱語，驚人教人，不一而足。作者之用心，誠佛菩薩之用心也，讀者不可因其淺近而渺忽之。

校記

〔一〕此處的『天天』二字，原文爲『大大的』，據庚辰本改。

〔二〕原文無『祇怕老太太也是遇見了』句，據庚辰本補。

〔三〕此處的『靠友』二字，原文爲『告友』，據庚辰本改。

〔四〕原文無『了』字，據庚辰本補。

〔五〕原文無『上』字，據庚辰本補。

〔六〕原文無『了』字，據蒙府本補。

〔七〕原文無『一年』二字，據庚辰本補。

〔八〕原文無『又要蘸筆』四字，據庚辰本補。
〔九〕此處的『用的着』三字，原文爲『用』，據庚辰本改。
〔十〕此處的『何曾』二字，原文爲『何從』，據庚辰本改。
〔十一〕原文無『這四樣』三字，據庚辰本補。
〔十二〕該段寶釵所言『排筆』，原文均爲『挑筆』，據庚辰本改。
〔十三〕原文無『小蟹爪十支』，據庚辰本補。
〔十四〕原文無『飛跌』二字，據庚辰本補。
〔十五〕原文無『你那裏知道』數字，據庚辰本補。

第四十三回

閑取樂偶攢金慶壽 不了情暫撮土爲香

【回前】了與不了在心頭，迷却原來難自由。如有如無誰解得，相生相滅第傳流。

話說王夫人因見賈母那日在大觀園不過着了些風寒，不是什麽大病，請醫生吃了藥也就好了，便放了心，因命鳳姐來，吩咐他預備給賈政帶去的東西。正商議着，祇見賈母打發人請，王夫人忙引着鳳姐兒過來。王夫人又問：『這會子可〔一〕又大安些？』賈母道：『今日可大好了。方才你送來的鵪鶉崽子湯，我嘗了嘗，倒有味兒，又吃了兩塊肉，心裏很受用。』王夫人笑道：『這是鳳丫頭孝敬老太太的。算他的孝心虔，不枉了老太太素日疼他。』賈母點頭笑道：『難為他想着〔二〕。若是還有生的，炸兩塊，咸浸浸的，吃粥有味兒。那湯雖好，就祇不對吃稀粥。』鳳姐聽了，連忙答應，命人廚房傳話。

這裏賈母又向王夫人笑道：『我打發人請你，不為別的。初二日是鳳丫頭的生日，上兩年我原就想着給他做生日，偏到跟前就有大事混過。今年人又齊全，料着又沒事，大家好生樂一樂。』庚：賈母猶云『好生樂一日』，可見逐日雖樂，皆還不趁心也。所以世人無論貧富，各有愁腸，終不能時時遂心如意。此是至理，非不足語也。王夫人笑道：『我也這麼想着呢。既是老太太高興，何不就商議定了？』賈母笑道：『我想往年不拘誰做生日，都是各自送各自的禮，這個也俗了，也覺很生分的似的。今兒出個新法子，又不生分，又可取笑。』王夫人忙道：『老太太怎麼想着好，就是怎麼樣行。』賈母笑道：『我想着，咱們也學那小家子大家湊分子，庚：原來湊（原作請）分子是小家的事。近見多少人家紅白事一出，且籌算分子之多寡，不知何說？多少盡着這〔三〕錢去辦，你道好玩不好玩？』庚：看他寫與寶釵做生日後，又偏寫與鳳姐做生日。阿鳳何人也，豈不爲彼之華誕大用一回筆墨哉？祇是虧他如何想來，特寫于寶釵之後，較姊妹勝而有餘；于賈母之前，較諸父母相去不遠。一部書中，若一個一個祇管寫過生日，復成何文哉？故起用寶釵，盛用阿鳳，終用賈母，各有妙文，各有妙景。餘者諸人，或一筆不寫，或偶用（原作因）一語帶過，或豐或簡，其情當理合，不表可知，豈必諄諄死筆，按數而寫衆人之生日哉？迥不犯寶釵。王夫人笑道：『這個很好，但不知怎麼湊法？』賈母聽說，益發高興起來，忙命人去請薛姨媽、邢夫人等，又叫請姑娘并寶玉，那府裏珍兒媳婦并賴大家的等有頭臉管事的媳婦，也都叫了來。蒙側：世家之長上，多犯此等辦壽也要請人毛病。

衆丫頭、婆子見賈母十分高興，也都高興起來，忙忙的各自分頭去請的請，傳的傳，沒頓飯時的工夫，老的，少的，上上下下的，烏壓壓擠了一地。祇薛姨媽和賈母對坐，邢夫人、王夫人祇坐在房門前兩張椅子上，寶釵姊妹等五六個人坐在炕上，寶玉坐在賈母懷前，地下滿滿的站了一地。賈母命拿幾個小杌子來，給賴大家的等幾個有體面、年高的嬤嬤坐了。賈府風俗，年高伏侍過父母的家人，比年輕的主子還有體面，所以尤氏、鳳姐等祇管地下站着，那賴大的母親等三四個老嬤嬤告了罪，坐在小杌子上了。

賈母笑着把方才的一席話說與衆人聽了。衆人誰不湊這趣兒？再也有和鳳姐好的，情願這樣；也有畏懼鳳姐的，巴不得〔四〕來奉承的：況且都是拿的出來的，所以一聞此言，都欣然應諾。賈母先道：『我出二十兩銀子。』薛姨媽笑道：『我隨着老太太，也是二十兩。』邢、王二夫人笑道：『我們不敢和老太太并肩，自然矮一等，每人十六兩罷了。』尤氏、李紈也笑道：『我們自然又〔五〕矮一等，每人十二兩罷。』賈母忙向李紈道：『你寡婦失業的，那裏還拉你出這個錢，我替你出了罷。』庚：必如是方妙。鳳姐忙笑道：『老太太別高興，且算一算帳再攬事。老太太身上已有兩分呢，這會子又替大嫂子出十二兩，說着高興，過會子又心疼了！過後兒又說「是為鳳丫頭花了錢」，使個巧法子，哄着我拿出三四倍來暗裏補上，我還作夢呢。』說的衆人都笑了。賈母道：『依你怎麼樣呢？』庚：又寫阿鳳一評（原作詳），更妙！若一筆直下，有何趣哉！鳳姐笑道：『生日沒到，我〔六〕這會子已經折受的不受用了。我一個錢饒不出，驚動這些人實在不安，不如大嫂子這分我替他出了罷。我到了那日多吃些東西，就享了福了。』邢夫人等聽了，都說：『很是』。賈母方允了。鳳姐又笑道：『我還有句話兒呢。

我想老祖宗自己二十兩，又有林妹妹、寶兄弟的兩分子。姨媽自己二十兩，又有寶妹妹的一分子，這也公道。祇是二位太太每位十六兩，自己又少，又不替人出，這有些不公道。老祖宗吃了虧了！』賈母聽了，忙笑道：『倒是我的鳳丫頭向着我，說的很是。要不是你，我叫他們又哄了去了。』鳳姐笑道：『老祖宗祇把他姐兒兩個交給兩位太太，一位點一個，派多派少，每位替出一分就是了。』賈母忙說：『這很公道，就是這樣。』賴大的母親忙站起來笑說道：『這可反了！我替二位太太生氣。在那邊是兒子媳婦，在這邊是內侄女兒，倒不向着婆婆姑娘，倒向着別人。這兒媳婦成了陌路人，內侄女兒竟成了個外侄女兒了。』說的賈母與衆人都大笑起來了（七）。庚：寫阿鳳全副精神，雖一戲，亦人想不到之文。賴大之母因又問道：『少奶奶出十二兩，我們自然也該矮一等了。』賈母聽說，道：『這可使不得。你們雖該矮一等，我知道你們這幾個是財主，分位雖低，錢卻比他們的多。庚：驚心奪魄，祇此一句。所以一部書，全是老婆舌頭，全是諷刺世事，反面《春秋》也。所謂痴子弟正照風月（原作自）鑒。若單看了家常老婆舌頭，豈非痴子弟乎！你們和他們一例才使得。』衆媽媽聽了，連忙答應：『是。』賈母又道：『姑娘們不過應個景兒，每人照一個月的月例（八）就是了。』又回頭叫鴛鴦來：『你們也湊幾個人，商議商議湊了來。』鴛鴦答應了，去不多時，帶了平兒、襲人、彩霞等，還有幾個丫鬟來，也有二兩的，也有一兩的。賈母因問平兒道：『你難道不替你主子做生日，還入在裏頭？』平兒笑道：『我那個私自另外有了，這是官中的，也該出一分。』賈母笑道：『這才是好孩子。』鳳姐又笑道：『上下都全了。還有二位姨奶奶，他們出不出，也問一聲兒。盡到他們是理，不然，他們衹當小看了他們了。』庚：純寫阿鳳，以襯後文。賈母聽了，忙說：『可是呢，怎麼倒忘了他們！衹怕他們不得閑兒，叫一個丫頭問問去。』說着，早有一個丫頭去了，半日回來，說道：『每位也出二兩。』賈母喜道：『拿筆硯來算明，共計多少？』尤氏因悄駡鳳姐道：『我把你這沒足厭的〔九〕小蹄子！這麼些婆婆、嬸子來湊銀子給你做生日，你還不足，又拉上兩個苦瓠子做什麼？』鳳姐也悄笑道：『你少胡說，你給我離了這裏！他們兩個為什麼苦呢？有了錢也是白填送別人，不如拘了來，咱們樂。』庚：純寫阿鳳，以襯後文。二人形景如見，語言如聞，真描畫的到！

說着，早已合算了，共湊了一百五十兩有零。賈母道：『一日戲酒用不了。』尤氏道：『既不請客，酒席不多，兩三日的用度都夠了。頭等，戲不用錢，省在這上頭。』賈母道：『鳳丫頭說那一班，就傳那一班。』鳳姐道：『咱們家的班子都聽熟了，倒是花幾個錢叫一班來聽聽。』賈母道：『這件事我交給珍哥媳婦了。率性叫鳳丫頭別操心，受用一日才是。』庚：所以特受用了，才有璉卿有變。樂極生悲，自然之理。尤氏答應着。又說了一會話，都知賈母乏了，才漸漸的散出去。

尤氏等送邢夫人、王夫人散去，便往鳳姐房裏來商議怎麼辦法的話。鳳姐道：『你不用問我，你衹看老太太的眼色行事就完了。』尤氏笑道：『你這阿物兒，也忒行了大運了。我當有什麼事叫我們來，原來單為這個。出了錢不算，還要我來操心，你怎麼謝我？』鳳姐笑道：『別拉臊，誰又沒叫你來，謝你什麼！你怕操心？你這會子就回老太太去，再派別人辦就是了。』尤氏笑道：『你瞧他興的這樣兒！我勸你收着些兒好，太滿了就潑出來了。』二人又說了一會話方散。

次日，將銀子送到寧國府來，尤氏方才起來梳洗，因問是誰送過來的，丫頭們說：『是林大娘。』尤氏便命叫他進來。丫頭們走至下房，叫了林之孝家的過來。尤氏命他腳踏上坐了，一面忙着梳頭，一面問他：『這一包銀子共多少？』林之孝家的回說：『這是我們底下人的銀子，湊了先送過來。老太太和太太們的還沒有呢。』正說着，丫鬟們回說：『那府太太和姨太太打發人送分子來了。』尤氏笑罵道：『小蹄子，專會記得這些沒要緊的話。昨日不過老太太一時高興，故意的說要學小家子湊分子，你們就記住了，到了你們嘴裏就當正經的話。（蒙側：世家風調。）還不快接了進來好生待茶，再打發他們去。』丫鬟答應着，忙接了銀子進來，一共兩封，連寶釵、黛玉的都有了。尤氏問：『還少誰的？』林之孝家的道：『還少老太太、太太的和姑娘們的，還有底下姑娘們的。』尤氏道：『還有你們大奶奶的呢？』林之孝家的道：『奶奶過去，這銀子都從二奶奶手裏發，一共都有了。』〔蒙側：伏綫。〕

說着，尤氏已梳洗了，命人伺候車輛，一時來至榮府，先來見鳳姐。衹見鳳姐已將銀子封好，正要送去。尤氏笑道：『都齊了？』鳳姐笑〔庚：『笑』字就有神情。〕道：『都齊了，快拿了去罷，丢了我不管。』〔蒙側：逗（原作鬥）起。〕尤氏笑道：『我有些信不及，倒要當面點一點。』說着果然按數一點，衹沒有李紈的一分。〔蒙側：點明題目。〕尤氏笑道：『我說你弄鬼呢，怎麼你大嫂子沒有？』鳳姐笑道：『那麼些還不夠麼？便短一分兒也罷了，等不夠了，我再給你。』尤氏道：『昨兒你在人跟前作人，今兒又和我賴，這個斷不依你。我衹和老太太要去。』鳳姐笑道：『我看你利害。明兒有了事，我也「丁是丁卯是卯」的，你也別抱怨。』尤氏笑道：『你一般也怕，不看你素日孝敬我，我才是不依你呢。』〔蒙側：處處是世情作趣，處處是隨筆埋伏。〕說着，把平兒的〔十〕一分子拿了出來，說道：『平兒，來！把你這分子收起去，等不夠了，我替你添上。』平兒會意，因說道：『奶奶先使着，若剩下了，再賞我也是一樣。』尤氏笑道：『衹許你主子作弊，不許我作情？』〔蒙側：請看！〕平兒衹得收了。尤氏又道：『我看着你主子這麼細致，弄這些錢那裏使去！使不了，明兒帶了棺材裏使去。』〔庚：此言不假，伏下後文短命。尤氏亦能幹事矣，惜不能勸夫治家（原作字），惜哉痛哉！〕

一面說，一面又往賈母處。請了安，大概說了兩句話，便走到鴛鴦房中和鴛鴦商議，衹聽鴛鴦的主意行事，何以討賈母的喜歡呢。二人計議妥當。尤氏臨走，也把鴛鴦的二兩銀子還了他，蒙側：請看世情！可笑，可笑！說：『還使不了呢。』說着，一徑出來，又至王夫人跟前說了一會話。因王夫人進了佛堂，把彩雲一分也還了。他見鳳姐不在跟前，把周、趙二人的也還了，蒙側：另是一番作用。他兩個還不敢收。阿鳳聲勢亦甚矣。尤氏道：『你們可憐見的，那裏有這些閑錢？鳳丫頭便知道了，有我應着呢。』二人聽說，方千恩萬謝的收了。靖眉：人各有當，方是至情。◎

庚：尤氏可謂有才矣。論有德比阿鳳高十倍，惜乎不能諫夫持家，所謂人各有當也。此方是至理至情。最恨近之野史中，惡則無往不惡，美則無一不美。何不近情理之如是耶？

于是尤氏一徑出來，坐車回家，不在話下。

且說轉眼已是九月初二日，園中人都打聽得尤氏辦得十分熱鬧，不但有戲，連耍百戲的，并說書的男女瞎兒，全有，蒙側：剩筆，且影射能事不獨熙鳳。因而都打點取樂玩耍。李紈又向衆人道：『今日是正經社日，可別忘了。庚：看書者已忘，批書者亦已忘了，作者竟未忘。忽寫此事，真忙中愈忙，緊處愈緊也。寶玉也不來，想必他衹圖熱鬧，把清雅就忘了。』庚：此獨寶玉乎？亦罵世人。余亦謂（原作爲）寶玉忘了，不然何不來耶？說着，便命丫鬟去瞧做什麽呢，快請了來。丫鬟去了半天，回來說：『花大姐姐說，今日一早就出門去了。』庚：奇文。衆人聽了，都詫异說：『再沒有出門之理。這丫頭糊塗，不知說話。』因又命翠墨去。一時翠墨回來說：『可不真出了門了。說有個朋友死了，出去探喪去了。』庚：奇文。信之有乎？花團錦簇之日，偏如此寫法。探春道：『斷然沒有的事。憑他什麼事，再沒有今日出門之理。你叫襲人來，我問他。』剛說着，見襲人走來，李紈等都說道：『今兒憑他有什麼事，也不該出門。頭一件，你二奶奶的生日，老太太都這麼高興，蒙側：因行文不肯平，下一反筆，則文語并奇，好看煞人！兩府裏上下衆人來湊熱鬧，他倒走了；第二件，又是頭一社的正日子，他也不告假，就私自去了！』襲人笑道：『昨兒晚上就說了，今兒一早有要緊的事到北靜王府裏去，就趕回來的。勸他不要去，他必不依。今兒一早起來，又要素衣裳穿，想必是北靜王府裏的要緊姬妾沒了，也未可知。』李紈等道：『果然〔十二〕如此，也該去走走，祇是也該回來了。』說着，大家又商議：『咱們祇管作詩，等他來罰他。』剛說着，祇見賈母已打發人來，便都往前頭去了。襲人回明賈母寶玉的事，賈母不樂，便命人接去。

原來寶玉心內有件私事，于頭一日就吩咐茗烟：『明日一早要出門，備下兩匹馬在後門口等着，不要別的一個跟着。說給李貴，我往北府裏去了。倘或有人找我，叫他攔住不用找，祇說北府裏留下了，橫豎就來。』茗烟也摸不着頭腦，祇得依言說了。那日一早，果然備了兩匹馬在園子裏後門等着。天亮了，祇見寶玉遍體純素，從角門出來，一語不發跨上馬，一彎腰，順着街就蹚下去了。茗烟也祇得跨馬加鞭趕上，在後面忙問：『往那裏去？』寶玉道：『這條路是往那裏去的？』茗烟道：『這是出北門的大道。出去了冷清清，沒有可玩的去處。』寶玉聽說，點頭道：『正要冷清清的地方才好。』說着，率性加了兩鞭，那馬早已轉了兩個彎子，出了城門。茗烟越發不得主意，衹得緊跟着。

一氣跑了七八裏路出來，人烟漸漸稀少，寶玉方勒住馬，回頭問茗烟道：『這裏可有賣香的？』茗烟道：『香倒有，不知要那一樣？』寶玉道〔十二〕：『別的香不好，須得檀、蕓、降〔十三〕三樣香。』茗烟笑道：『這三樣，可難得。』寶玉為難。茗烟見他為難，因問道：『要香做什麼使？我見二爺時常小荷包裏有碎香，何不用？』一句話提醒了寶玉，便回手從衣襟下掏出一個荷包來，摸了摸，竟有兩星兒沉素香，心內歡喜道：『祇是不恭些。』再想自己親身帶的，倒比買的好些。于是又問爐炭，茗烟道：『這可罷了。荒郊野外那裏有這個？既要用這些東西，何不早說，帶了來豈不便宜？』寶玉道：『糊塗東西，若可帶了來，又不這樣沒命的跑了。』庚：奇奇怪怪，不知爲何？看他下文怎樣。

茗烟想了半日，笑道：『我得了個〔十四〕主意，不知二爺心下如何？我想二爺不止用這個呢，衹怕還要用別的東西。如今我們率性再往前走二裏地，就是水仙庵。』寶玉聽了忙問：『水仙庵就在這裏？更好了，我們就去。』說着，就加鞭前行，一面回頭向茗烟道：『這水仙庵的姑子常往咱們家去，咱們這一去到那裏，借香爐使使，他自然是肯的。』茗烟道：『别説是咱們家的香火，就是平常不認識的廟裏，和他借，他也不敢駁回。衹是一件，我常見二爺最厭這水仙庵的，如何今兒又這樣喜歡了？』寶玉道：『我素日因恨俗人不知原故，混供神，混蓋廟，這都是當日有錢的老公們和那些有錢的愚婦聽見有個神，就蓋起廟來供着，也不知那神是何人，因聽些野史小説，便信了真。庚：近聞剛丙廟，又有三教庵，以如來爲尊，太上爲次，先師爲末。真殺有餘辜。所謂此書救世之溺，不假。比如這水仙庵裏面因供的是洛神，故名水仙庵，殊不知古來并無有個洛神，那原是曹子建的謊話，誰知這起愚人就塑了像供着。今兒卻合我的心事，故借他一用。』

説着，早已來到門前。那老姑子見寶玉來了，事出意外，就像天上掉下個活龍來的一般，忙上來問好，命老道來接馬。寶玉進去，也不拜洛神之像，卻衹管賞鑒。雖是泥塑的，卻真有『翩若驚鴻，婉若游龍』之態，『荷出緑波，日映朝霞』之姿。庚：妙極！用《洛神賦》贊（原作譖）洛神。本地風光，愈覺新奇。寶玉不覺滴下泪來。老姑子獻了茶，寶玉因和他借香爐燒香。那姑子去了半日，連香供、紙馬都預備了來，寶玉道：『一概不用，單用個香爐。』便命茗烟出至後院中〔十五〕，要揀一塊幹淨地方兒，竟揀不出來。茗烟道：『那井臺上如何？』寶玉點頭，一齊來至井臺上，將爐放下。庚：妙極之文！寶玉心中揀定是井臺上了，故意使茗烟說出，使彼不犯疑猜矣。寶玉亦有欺人之才，蓋不用耳。茗烟站過一邊，寶玉掏出香來焚上，含泪施了半禮，庚：奇文！雲『祇施半禮』，終不知爲何事也。回身便命收了去。

茗烟答應着，且不收，忙爬下磕了幾個頭，口裏祝道：『我茗烟跟隨二爺這幾年，二爺的事，我沒有不知道的，祇有今兒這一祭祀沒有告訴我，我也不敢問。祇是這受祭的陰魂雖不知名姓，想來自然是那人間有一，天上無雙的極聰明、極精雅的一〔十六〕位姐姐妹妹了。二爺的心事不能出口，等我代祝：你若芳魂有感，香魄多情，雖然陰陽間隔，既是知己之間，時常來望候二爺，未嘗不可。你在陰間保佑二爺來生也變個女孩兒，和你們一處相伴，再不可又托生〔十七〕這須眉濁物了。』說畢，又磕幾個頭，才爬起。靖眉：這方是作者真意。◎庚：忽插入茗烟一篇流言，粗看則小兒戲語，亦甚無味，細玩則大有深意。試思寶玉之爲人，豈不應有一極伶俐乖巧小童哉？此一祝，亦如《西厢記》中雙文降香第三炷（原作柱）則不語，紅娘則代（原作待）祝數語，直將雙文心事道破。此處若寫寶玉一祝，則成何文字；若不祝，直成一啞謎，如何散場？故寫茗烟一戲，直戲入寶玉心中，又發出前文，又可收後文，又寫茗烟素日之乖覺可人，且襯出寶玉直似一個守禮待家的女兒一般，其素日脂香粉氣不待寫而全現出矣。今看此回，直欲將寶玉當作一個極清（原作輕）俊羞怯的女兒看，茗烟則極乖覺可人之丫鬟也。寶玉聽他沒說完，便撐不住笑了，庚：方一笑。蓋原可發笑，且說的合心，愈見可笑也。因踢他道：『休胡說，看人聽見笑話。』庚：也知人笑，更奇！

茗烟起來，收過香爐，和寶玉走着，說道：『我已經和姑子說了，二爺還沒用飯，叫他隨便收拾了些東西，二爺勉強吃些。我知道今兒咱們裏頭大排筵宴，熱鬧非常，二爺為此才躲了出來的。橫豎在這裏清淨一天，也就盡到了禮了。若不吃些東西，斷使不得。』寶玉道：『戲酒既不吃，這隨便素的吃些何妨。』茗烟道：『這才是呢。還有一說，咱們出來了，必有人不放心，若〔十八〕沒人不放心，就晚了進城何妨？若有人不放心，二爺須得進城回家去才是。頭一件，老太太和太太也放了心，第二件，禮也盡了，不過如此。就是家去了，看戲吃酒，也并不是二爺有意，原不過陪着父母盡孝道。二爺若單為這個不顧老太太、太太懸心，就是方才那受祭的陰魂也不安。二爺想我這話如何？』寶玉笑道：『你的意思我猜着了，你想着祇你一個跟了我來，回去你怕擔不是，所以拿這大題目來勸我。庚：亦知道這個大，妙極！我才出來，不過為盡個禮，再去吃酒看戲，并沒說一天不進城。這一完了心願，趕着去，大家放心，豈不兩盡其道。』庚：這是大通的意見，世人不及的去處。茗烟道：『這更好了。』說着二人來至禪堂，果然那姑子收拾了些素菜，寶玉胡亂吃了些，茗烟也吃了。

二人便上馬仍回舊路。茗烟在後面祇囑咐：『二爺好生騎着，這馬總沒大騎，手提緊着些。』庚：看他偏不寫鳳姐那樣熱鬧，却寫這般清冷，真世人意料不到之（原作這）一篇文字也。一面說着，早已進了城，仍從後門進去，忙忙來至怡紅院中。襲人等都不在房裏，衹有幾個老婆子看屋子，見他來了，都喜的眉開眼笑，說：『阿彌陀佛，可來了！把花姑娘急瘋了！上頭正坐席呢，二爺快去罷。』寶玉聽說，忙將素衣服脫了，自去尋了華服換上，問在什麼地方坐席，老婆子回說在新蓋的大花廳上。

寶玉聽說，一徑往花廳上來，耳內早已隱隱聞得歌管之聲。剛至穿堂那邊，衹見玉釧兒獨坐在廊檐下垂泪，（庚：總是千奇百怪的文字。）一見他來，便收泪說道：『鳳凰來了，快進去罷。再一會子不回來，都反了。』（庚：是平常言語，却是無限文章，無限情理。看至後文，細思此言，則可知矣。）寶玉賠笑道：『你猜我往那裏去了？』玉釧兒不答，衹管擦泪。（庚：無限情理。）寶玉忙進廳內，見了賈母、王夫人等，衆人真如得了鳳凰一般。寶玉忙趕着〔十九〕與鳳姐行禮。賈母、王夫人都說他不知好歹：『怎麼也不說聲就私自跑了，這還了得！明兒再這樣，等你老子回家，必告訴他打你。』說着又罵跟的人偏都聽他的話，往那裏去就去，也不回一聲兒。一面又問他到底那裏去了，可吃了什麼沒有，唬着了沒有。（庚：奇文。逼（原作畢）肖。）寶玉衹應說：『北靜王的一個愛妾昨日死了，給他道惱去。他哭的那樣，不好撇下就回來，所以多等了一會子。』賈母道：『以後再私自出門，不先告訴我，一定叫你老子打你。』寶玉答應着。賈母又要打跟的人，衆人又勸道：『老太太也不必多慮了，他已經回來，大家該放心樂一會了。』賈母先不放心，自然發了狠，今見來了，喜且不盡，那裏還恨，也就不提了；還怕他不受用，或者别處沒吃飯，路上着了驚怕，反百般哄他。襲人早過來服侍。大家仍舊看戲。當日演的是《荆釵記》，賈母、薛姨媽等都看的心酸落淚，也有笑的，也有駡的。要知端的，下回分解。

總評

攢金辨壽家常樂，素服焚香無限情。

寫辦事不獨熙鳳，寫多情不漏亡人。情之所鍾，必讓若輩，此所謂『情情』者也。

校記

〔一〕原文無『可』字，據庚辰本補。

〔二〕原文無『着』字，據蒙府本補。

〔三〕原文無『這』字，據庚辰本補。

〔四〕此處的『巴不得』三字，原文爲『爬不得』，據庚辰本改。

〔五〕此處的『又』字，原文爲『也』，據庚辰本改。

〔六〕原文無『我』字，據庚辰本補。

〔七〕如下一段：『賴大的母親忙站起來笑説道：「這可反了！我替二位太太生氣。在那邊是兒子媳婦，在這邊是内侄女兒，倒不向着婆婆姑娘，倒向着别人。這兒媳婦成了陌路人，内侄女兒竟成了個外侄女兒了。」説的賈母與衆人都大笑起來了。』戚序本無，據庚辰本補。

〔八〕此處的『月例』二字，原文爲『例』，據庚辰本改。

〔九〕原文無『的』字，據蒙府本補。

〔十〕原文無『的』字，據庚辰本補。

〔十一〕原文無『然』字，據蒙府本補。

〔十二〕此處的『寶玉道』，原文爲『寶玉想道』，校者據前後行文删掉『想』字。

〔十三〕此處的『降』字，原文爲『棒』，據庚辰本改。

〔十四〕原文無『個』字，據庚辰本補。

〔十五〕此處的『後院中』二字，原文爲『園後』，據庚辰本改。

〔十六〕原文無『一』字，據庚辰本補。

〔十七〕原文無『生』字，據庚辰本補。

〔十八〕此處的『若』字，原文爲『若説』，據庚辰本改。

〔十九〕原文無『忙趕着』三字，據庚辰本補。

第四十四回

變生不測鳳姐潑醋　喜出望外平兒理妝

【回前】雲雨誰家院，飄來花自奇。鶯鶯燕燕鬥芳菲，枝枝因風滴玉露，正春時。

話說衆人看演《荆釵記》，寶玉和姐妹們一處坐着。林黛玉因看到《男祭》這出上，便和薛寶釵說道：『這王十朋也不通的很，不管在那裏祭一祭罷了，必定跑到江邊子上去做什麼！俗語說，「睹物思人」，天下水總歸一源，不拘那裏的水，舀一碗，看着哭，也就盡情了。』寶釵不答。寶玉回頭要熱酒敬鳳姐。

原來賈母說今日不比往日，定要叫鳳姐痛樂一日。本來自己懶怠坐席，衹在裏間屋裏榻上歪着和薛姨媽看戲，隨心愛的揀幾樣放在小几上，隨便吃着說話兒；將自己兩桌席面賞給那沒席面的大小丫頭并那應差聽差的婦人等，命他們在窗外廊檐下也衹管坐着〔一〕隨意吃喝，不必拘禮。王、邢二夫人在地下高桌上坐着，外面幾席是他們姊妹們坐。賈母不時吩咐尤氏等：『讓鳳丫頭坐在上面，你們好生替我作東，難為他一年到頭辛苦。』尤氏答應了，又笑回說：『他〔二〕坐不慣首席，坐上頭，橫不是豎不是，酒也不肯吃。』賈母聽了，笑道：『你不會，等我親自讓他去。』鳳姐聽說，忙也進來笑道：『老祖宗別信他們的話，我吃了好幾鐘了。』賈母笑着〔三〕，命尤氏：『快拉他出去，按在椅子上，你們都輪流敬他。他再不吃，我當真的就親自去了〔四〕。』尤氏聽說，忙笑着又拉他出來坐下，命人拿了臺盞來斟酒，笑道：『一年到底，難為你孝順老太太和太太和我。我今兒沒什麼疼你的，親自斟杯酒，你乖乖兒的在我手裏喝一口。』鳳姐笑道：『你要安心孝敬我，跪下，我就喝。』尤氏笑道：『說的不知「你」是誰！我告訴你說罷，好容易今兒這一遭，過了後兒，知道還得像今兒這樣不得了？趁着盡力灌喪兩鐘罷！』庚：閑閑一戲語，伏下後文，令人可傷，所謂『盛筵難再』。鳳姐見推不過，祇得喝了兩鐘。接着衆姊妹也來敬酒，鳳姐也祇得每人的喝一口。賴大媽媽見賈母尚這等高興，也少不得來湊趣兒，領着些嬤嬤們也來敬酒。鳳姐也難推脫，祇得喝了兩口。鴛鴦等也都來敬酒，鳳姐真不能了，忙央告道：『好姐姐們，饒了我罷，我明兒再喝罷。』鴛鴦笑道：『真個的，我們是沒臉的了？就是我們在太太跟前，太太還賞個臉呢。往常倒有些體面，今兒當着這些人，倒拿起主子的款兒來了。我原不該來。不喝，我們就走。』說着真個回去了。鳳姐兒忙趕上拉住，笑道：『好姐姐，我喝就是了。』說着拿過酒來，滿滿的斟了一杯喝幹，鴛鴦方笑了散去，然後又入席。

鳳姐自覺酒沉了，心裏突突的似往上撞，要往家去歇歇，衹見那耍百戲的上來，便和尤氏說：『預備賞錢，我要洗洗臉去。』尤氏點頭。鳳姐瞅人不防，便出了席，往房門後檐下走來。平兒留心，也忙跟了來，鳳姐便扶着他。才至穿廊下，衹見他房裏的一個小丫頭子正在那裏站着，見他兩個來了，回身就跑。鳳姐便疑心，忙叫：『站住！』那丫頭先祇裝聽不見，無奈後面連平兒也叫，衹得回來。鳳姐越發起了疑心，忙和平兒進了穿堂，叫那小丫頭也進來，把槅窗關了，鳳姐坐在小院子的臺磯上，那丫頭跪了，喝命平兒：『叫兩個二門上的小廝來，拿繩子、鞭子，把這眼睛裏沒主子的〔五〕小蹄子打爛了！』那小丫頭已經唬的魂飛魄散，哭着祇管磕頭求饒。鳳姐問道：『我又不是鬼，你見了我，不說規規矩矩站住，怎麼倒往前跑？』那小丫頭哭道：『我原沒看見奶奶來。我又記挂着房裏沒人，所以跑了。』鳳姐道：『房裏既無人，誰叫你又來的？你便沒見我，我和平兒在後頭扯着脖子叫了你十來聲，越叫越跑。離的又不遠，你聾了不成？你還和我強嘴！』說着便揚手一掌打在臉上，打的那小丫頭子一栽；這邊臉上又一下，登時小丫頭臉上紫脹起來。平兒忙勸：『奶奶仔細手疼。』鳳姐便說：『你再打着問他跑什麼。他再不說，把嘴撕爛了他的！』那小丫頭子先還強嘴，後來聽見鳳姐要燒了紅烙鐵來烙嘴，方哭道：『二爺在家裏，打發我來這裏瞧着奶奶的，若是散了，先叫我送信兒去。不承望奶奶這會子就回來了。』鳳姐見話中有文章，必有别的原故，便又問道：『叫你瞧着我做什麽？難道怕我家去不成？快告訴我，從此以後疼你。你若不説，立刻拿刀子來割你的嘴！』説着，回手向頭上拔下一根簪子來，向那丫頭嘴上亂戳，唬的那丫頭一行躲，一行哭求道：『我告訴奶奶，可别説我説的。』平兒在旁勸一會，推他快説。那丫頭便説道：『二爺也是才來房裏的，睡了一會醒了，打發人來瞧瞧奶奶，説才坐席，還得好一會才來呢。二爺就開了箱子，拿了兩塊銀子，還有兩根簪子，兩匹緞子〔六〕，叫我悄悄的送與鮑二老婆去，叫他進來。他收了東西就往咱們屋裏來了。二爺又叫我來瞧着奶奶，底下的事我就不知道了。』

鳳姐聽了，已氣的渾身發軟，忙立起身來一逕來家。剛至院門，衹見有個小丫頭在門前探頭，一見了鳳姐，縮頭就跑。庚：如見其形。鳳姐提着名字喝叫站住。那丫頭伶俐，見躲不過了，率性跑了出來，笑道：『我正要告訴奶奶去呢，可巧奶奶來了。』鳳姐道：『告訴我什麽？』那丫頭便説二爺在家這般如此，將方才的話也説了一遍。鳳姐啐道：『你早做什麽來着？這會子我看見你了，你來推幹淨兒！』説着也揚手一下，打的那丫頭一個趔趄，便躡手〔七〕躡腳的走至窗前。往裏聽時，祇聽裏面說笑。那婦人笑道：『多早晚你那閻王老婆死了就好了。』賈璉道：『他死了，再娶一個也是這樣，又怎麼樣呢？』那婦人道：『他死了，你倒是把平兒扶了正，祇怕還好些。』賈璉道：『如今連平兒他也不許我沾一沾了。平兒也是一肚子委屈不敢說。我命裏怎麼就該犯「夜叉星」！』

鳳姐聽了，氣的渾身亂顫，又聽他兩個都贊平兒，便疑平兒素日背地裏自然也有埋怨的話了。那酒越發涌上，也并不忖度，回身把平兒先打了兩下，一腳踢開門進去，也不容分說，抓住鮑二家的打了一頓。又怕賈璉走出去，便堵着門站着罵道：『好淫婦！你偷主子漢子，還要治死主子老婆！平兒過來！你們淫婦忘八一條藤兒，多嫌着我，外面兒你哄我！』說着又把平兒打了幾下，庚：奇怪！先打平兒，可是世人想得着的？打的平兒有冤無處訴，祇氣得幹哭，罵道：『你們做這些沒臉的事，好好的又拉上我做什麼！』說着也把鮑二家的撕打起來。賈璉也因吃多了酒，進來高了興，未曾做的機密，一見鳳姐來了，已沒了主意，又見平兒也鬧起來，把酒也氣上來了。鳳姐兒打鮑二家的，他自己又氣又愧，祇不好說的，今見平兒也打，便上來踢，罵道：『好淫婦！你也動手打人！』平兒怕打，忙住了手，哭道：『你們背地裏說話，為什麼拉我呢？』鳳姐見平兒怕賈璉，越發氣了，又趕上來打着平兒，偏叫打鮑二家的。平兒急了，便跑出去找刀子要尋死。外面衆婆子、丫頭忙攔住解勸。這裏鳳姐見平兒尋死去，便自己一頭撞在賈璉懷內，叫道：『你們一條藤兒害我，被我聽見了，倒都唬起我來了。你也勒死我罷！』賈璉氣的牆上拔下劍來，說道：『不用尋死，我也急了，一齊殺了，我償了命，大家幹淨！』正鬧的不開交，祇見尤氏等一群人來了，說：『這是怎麼說，才好好的，就鬧起來。』賈璉見了人，越發『倚酒三分醉』，逞起威風來，（庚：天下小人都如是。）故意要殺鳳姐。鳳姐見有人來了，便不似先前那般潑了，（庚：天下奸雄、妒婦、惡婦大都如是，祇是恨無阿鳳之才耳。）丟下衆人，便哭着往賈母那邊跑。

此時戲已散出，鳳姐跑到賈母跟前，爬在賈母懷內，祇說：『老祖宗救我！璉二爺要殺我呢！』（庚：瞧他稱呼。）賈母、邢夫人、王夫人等忙問：『怎麼了？』鳳姐哭道：『我才家去換衣裳，不防璉二爺在家和人說話，我祇當是有客來了，唬得我不敢進去。在窗戶外頭聽了一聽，原來是和鮑二家的商議，說我利害，要拿毒藥給我吃了治死我，把平兒扶了正。我原氣了，又不敢和他吵，原打了平兒兩下，問他為什麼要害我。他臊了，就要殺我。』賈母等聽了，都信以為真，說：『這還了得！快拿了那下流種子來！』一語未完，祇見賈璉拿着劍趕來，後面許多人跟着。賈母素日疼他們，連母親、嬸母也無關礙，故逞強鬧了來。邢夫人見了，氣的忙攔住罵道：『這下流種子！你越發反了，老太太還在這裏呢！』賈璉乜斜着眼，道：『都是老太太慣的他，他才這樣，連我也罵起來了！』邢夫人氣的奪下劍來，衹管喝他：『快出去！』那賈璉衹管撒嬌撒痴，涎言涎語的還衹亂說。賈母氣的說道：『我知道你不把我們放在眼裏，叫人把他老子叫來，看他去不去！』賈璉聽見這話，方趔趄着腳兒出去了，賭氣也不往家去，便往外書房來。

這裏邢夫人、王夫人也說鳳姐兒。賈母笑道：『什麼要緊的事！小孩子年輕，饞嘴貓似的，那裏保得住不這麼樣。從小兒世人都打這麼過的。都是我的不是，他多吃了兩口酒，又吃起醋來。』說的衆人都笑了。賈母又道：『你放心，等明兒我叫他來替你賠不是。你今兒別過去，臊着他。』因又罵：『平兒那蹄子，素習我倒看他好，怎麼暗地這麼壞。』尤氏等笑道：『平兒沒有不是，是鳳丫頭拿着人家出氣。兩口子不好對打，拿着平兒煞性子。平兒委屈的什麼似的呢，老太太還罵人家。』賈母道：『原來這樣，我說那孩子倒不像那狐媚魔道的。既這麼着，可憐見兒的，白受他主子的氣。』因叫琥珀來：『你去告訴平兒，就說我的話：我知道他受了委屈了，明兒我叫鳳姐兒來替他賠不是。今兒是他主子的好日子，不許他胡鬧。』

原來平兒早被李紈拉入大觀園去了。〔庚：可知吃蟹一回，非閑文也。〕平兒哭的哽咽難抬，寶釵勸道：『你是個明白人，庚：必用寶釵評出，方是身份。素日鳳丫頭何等待你，今兒他不過多吃了一口酒。他可不拿你出氣，難道拿別人出氣不成？別人又笑話他吃醉了。你祇管這會子委屈，素日你的好處，豈不都是假的了？』正說着，祇見琥珀走來，說了賈母的話。平兒自覺面上有了光輝，方才漸漸的好了，也不往前頭來。寶釵等歇息了一會，方來看賈母、鳳姐。

寶玉便讓了平兒到怡紅院中來。襲人忙接着，笑道：『我先原要讓你的，祇因大奶奶和姑娘們都讓你，我就不好讓的了。』平兒也賠笑說：『多謝。』因又說道：『好好兒的從那裏說起，無緣無故白受了一場氣。』襲人笑道：『二奶奶待你很好，這不過是一時氣急〔八〕了。』平兒道：『二奶奶倒沒說的，祇是那個淫婦，他又偏拿我湊趣兒，我們糊塗爺倒打我。』說着便又委屈，禁不住落泪。寶玉忙勸道：『好姐姐，別傷心，我替他們兩個賠個不是罷。』平兒笑道：『與你什麼相幹？』寶玉笑道：『我們弟兄姊妹都一樣。他們得罪了人，我替賠個不是也是應該的。』又道：『可惜這新衣裳也沾了，這裏有你花妹妹的衣裳，何不換了下來，拿些燒酒噴噴熨一熨，把頭也另梳一梳。』一面說，一面便吩咐小丫頭子們舀洗臉水，燒熨鬥來。

平兒素習祇聞人說寶玉專能和女孩子們接交；寶玉素日因平兒是賈璉的愛妾，又是鳳姐的心腹，故不肯和他斷近，因不能盡心，也常為恨事。平兒今見他這般，心中也暗暗的掂掇：果然話不虛傳，色色想的周到。又見襲人特特的開了箱子，拿出兩件不大穿的衣裳來與他換，便連忙脫下自己的衣服，忙去洗了臉。寶玉在旁笑勸道：『姐姐還該擦上些脂粉，不然倒像是和鳳姐姐賭氣了似的、況且又是他的好日子，而且老太太又打發了人來安慰你。』平兒聽了有理，便去找粉，衹不見粉。寶玉忙走至妝前，將一個宣窰瓷盒揭開，裏面盛着一排十根玉簪花棒，拈了一根遞與平兒。又向他道：『這不是鉛粉，這是紫茉莉花種，研碎了兑上香料制的。』平兒倒在掌上看時，果見青白紅香，四樣俱美，撲在面上也容易勻淨，且能潤澤肌膚，不似別的粉青重澀滯。隨後看見胭脂也不是成張的，卻是一個小小的白玉盒子，裏面盛着一盒，如玫瑰膏子一樣。寶玉笑道：『那市賣的胭脂都不幹淨，顏色也薄。這是上好的胭脂擰出汁子來，淘澄淨了渣滓，配了花露蒸疊成的。衹用細簪子挑一點兒抹在手心裏，用一點水化開抹在唇上；手心裏剩的就夠打頰腮了。』平兒依言粉飾，果見鮮艷异常，且又甜香滿頰。寶玉又將盆內開的一枝并蒂秋蕙用竹剪擷了下來，與他簪在鬢上。忽見李紈打發丫頭來喚他，方忙忙的去了。庚：忽使平兒在絳芸軒中梳妝，非但（原無）世人想不到，寶玉亦想不到者也。作者費盡心機了。寫寶玉最善閨閣中事，諸如胭粉等類，不寫成別致文章，則寶玉不成寶玉矣。然要寫又不便特爲此費一番筆墨，故思及借人發端。然借人又無人，若襲人輩則逐日皆如此，又何必揀一日細寫，似覺無味。若寶釵等又系姊妹，更不便來細搜襲人之妝奩，況也是自幼知道的了。因左想右想，須得一個又甚親，又甚疏，又可唐突，又不可唐突，又和襲人等極親，又和襲人等不大常處，又得襲人輩之美，又不得襲人輩之修飾一人來，方可發端，故思及平兒一人方如此，故放手細寫絳芸閨中之什物也。

寶玉因自來從未在平兒跟前盡過心——且平兒又是個極聰明的人，極清俊上等女孩兒，比不得那起俗拙蠢物——深為恨怨。今日是金釧兒的生日，故一日不樂。庚：原來爲此，寶玉之私祭，玉釧之潛哀，俱針對矣。然于此刻補明，又一法也。真千（原作十）變萬化之文。萬法俱備，毫無脱漏，真好書也。不想落後鬧出這件事來，竟得在平兒跟前稍盡片心，亦今生意中不想之樂也。因歪在床上，心内怡然自得。忽又思及賈璉惟知以淫樂悦己，并不知作養脂粉。又思平兒并無父母、兄弟、姊妹，獨自一人，供應賈璉夫婦二人。賈璉之俗，鳳姐之威，他竟能周全妥帖，今日還遭荼毒，想來此人薄命，似黛玉尤甚。想到此間，便又傷感起來，不覺灑然泪下。因見襲人等不在房中，盡力落了〔九〕幾點痛泪。復起身，又見方才的衣裳上噴的酒已半幹，便拿熨鬥熨了疊好。見他的〔十〕手帕子忘去，上面猶有泪漬，又在面盆中洗了晾上。又喜又悲，悶了一會，也往稻香村來，説了一會閑話，掌燈後方散。

平兒就在李紈處歇了一夜，鳳姐祇跟着賈母。賈璉晚間歸房，冷清清的，又不好去叫，祇得胡亂睡了一夜。次日醒了，想昨日之事，大沒意思，後悔不來。邢夫人記挂着昨日賈璉醉了，忙一早過來，叫了賈璉過賈母這邊來。賈璉祇得忍愧前來，在賈母面前跪下。賈母問他：『怎麼了？』賈璉忙賠笑説：『昨兒原是吃了酒，驚了老太太的駕了，今兒來領罪。』賈母啐道：『下流東西，灌了黃湯，不說安分守己的挺屍去，倒打起老婆來了！鳳丫頭成日家說嘴〔十二〕，霸王似的一個人，昨兒唬得可憐。要不是我，你要傷了他的命，這會子可怎麼樣？』賈璉一肚子的委屈，不敢分辨，祇認不是。賈母又道：『那鳳丫頭和平兒還不是美人似的？還不足！成日家偷鷄摸狗，臟的、臭的，都拉了你屋裏去。為這淫婦打老婆，打屋裏的人，你還是大家的公子，活打了嘴了。你若眼睛裏有我，你起來，我饒了你，你乖乖的替你媳婦賠個不是，拉了他家去，我就喜歡了。要不然，你祇管出去，我也不敢受你的跪。』賈璉聽如此說，又見鳳姐兒站在那邊，也不甚妝，哭的眼睛腫着，也不甚施脂粉，黃黃的臉兒，庚：大妙大奇之文，此一句便伏下病根了。草草看去，便可惜了作者行文苦心。比往常更覺可憐可愛。想着：『不如賠了不是，彼此也好了，又討了老太太的喜歡。』想畢，便笑道：『老太太的話，我不敢不依，祇是越發縱了他了。』賈母笑道：『胡說！我知道他是最有禮的，再不會衝撞人。他日後要得罪了你，我自然要做主，叫你降伏他就是了。』

賈璉聽說，爬起來，便向鳳姐作了一個揖，笑道：『原是我的不是，二奶奶饒過我罷。』滿屋裏的人都笑了。賈母笑道：『鳳丫頭，不許惱了，再惱我就惱了。』說着，又命人去叫平兒來，命賈璉鳳姐兩個安慰他。賈璉見了平兒，越發顧不得了〔十二〕，所謂『妻不如妾，妾不如偷』〔十三〕，聽賈母一說，便趕上來說道：『姑娘昨兒受了委屈了，都是我的不是。奶奶得罪了你，也是因我起。我賠了不是不算外，還替你奶奶賠個不是。』說着，也作下揖去，賈母笑了，鳳姐也笑了。賈母又命鳳姐兒來安慰他。平兒忙走上來給鳳姐磕頭，說：『奶奶的千秋，我惹了奶奶生氣，是我該死。』鳳姐正自愧悔昨日酒吃多了，不念素日之情，浮躁起來，為聽了旁人的話，無故給平兒沒臉。今反見他如此，又是慚愧，又是心酸，忙一把拉起來，落下淚來。平兒道：『我伏侍了奶奶這麼幾年，也沒彈我一指頭。就是昨兒打我，我也不怨奶奶，都是那淫婦治的，怨不得奶奶生氣。』說着，也哭了。庚：婦人女子之情逼（原作有）肖，但世之大英雄羽翼偶摧，尚按劍生悲，況阿鳳與平兒哉？所謂『此書真是哭成』的。賈母便命人將他三人送回房去，『有一個再提此事，即刻回我，不管是誰，拿拐棍子給他一頓。』三個人從新給賈母、邢夫人、王夫人磕了頭。老嬤嬤答應了，送他三人回。

至房中，鳳姐見無人，方說道：『我怎麼像個閻王，又像夜叉？那淫婦咒我死，你也幫着咒。我千日不好，也有一日好。可憐我熬的連一個淫婦也不如了，我還有什麼臉過這日子？』說着，又哭了。庚：轄治丈夫，此是首計，懦夫來看此句。賈璉道：『你還不足？你細想想，昨兒誰的不是多？庚：妙！不敢自說沒不是，衹論多少。懦夫來看（原作者）。今兒當着人還是我跪了一跪，又賠不是，你也爭足了光。這會子還嘮叨，難道還叫我給你跪下才罷？太要足了強，也不是好事。』說的鳳姐無言可對，『嗤』的一聲笑了。賈璉也笑道：『又好了！真真的我也沒法了。』

正說着〔十四〕，祇見一個媳婦來回說：『鮑二媳婦吊死了。』庚：倒（原作到）也有氣性。祇是又是情累一個。可憐！賈璉、鳳姐都吃了一驚。鳳姐忙〔十五〕收了怯色，反喝道：『死了罷了，有什麼大驚小怪的！』庚：寫阿鳳如此。一時，祇見林之孝家的進來悄回鳳姐道：『鮑二媳婦吊死了，他〔十六〕娘家親戚要告呢。』鳳姐笑道：庚：偏于此處寫阿鳳笑，壞（原作懷）哉阿鳳！『這倒好了，我正想要打官司呢！』林之孝家的道：『我才和衆人勸他們一會，又威唬了一陣，又許了他幾吊錢，也就依了。』鳳姐道：『我沒一個錢！有錢也不給他，祇管叫他去告。也不許勸他，也不用鎮喝他，祇管讓他告去。告不成倒問他個「以尸訛詐」！』庚：寫阿鳳如此。林之孝家的正在為難，見賈璉和他使眼色兒，心下明白，便出去等着。賈璉道：『等我出去瞧瞧，看是怎麼樣。』鳳姐道：『不許給他錢。』賈璉一徑出來，和林之孝商議，命人去作好作歹，許了二百兩銀子才罷。賈璉生恐有變，又命人去和王子騰說了，將番役、仵作人等叫了幾名來，幫着辦喪事。那些人見了如此，縱要復辦亦不敢辦，祇得忍氣吞聲罷了。賈璉又命林之孝將那二百銀子入在流年帳上，分別添補開銷過去。庚：大弊（原作敝）小弊（原作敝），無一不到。又體己給鮑二些銀兩，安慰他說：『另日再挑個好媳婦給你。』鮑二又有體面，又有銀子，有何不依，便仍然奉承賈璉，庚：爲天下夫妻一哭！不在話下。

裏面鳳姐心中雖不安，面上衹管佯不理論，因房内無人，便拉平兒笑道：『我昨兒灌喪醉了，你别憤怨，打了那裏了，讓我瞧瞧。』平兒道：『也没打重。』衹聽説，奶奶、姑娘們都進來了。下回分解。

總評

富貴少年多好色，那如寶玉會風流。閻王、夜叉誰曾説，死到臨頭身不由。

校記

〔一〕原文無『着』字，據庚辰本補。

〔二〕原文無『他』字，據蒙府本補。

〔三〕此處的『着』字，原文爲『道』，據庚辰本改。

〔四〕此處的『我當真的就親自去了』數字，原文爲『我當真的就親去了』，據庚辰本改。

〔五〕原文無『的』字，據庚辰本補。

〔六〕原文無『兩匹緞子』數字，據庚辰本補。

〔七〕原文無『蹓手』二字，據庚辰本補。
〔八〕原文無『急』字，據庚辰本補。
〔九〕原文無『落了』二字，據蒙府本補。
〔十〕原文無『的』字，據庚辰本補。
〔十一〕此處的『説嘴』二字，原文爲『嘴』，據庚辰本改。
〔十二〕『顧不得了』，原文『圖不得了』，據甲辰本改。
〔十三〕『所謂妻不如妾，妾不如偷』，原文無，據庚辰本補。
〔十四〕原文無『着』字，據蒙府本補。
〔十五〕原文無『忙』字，據蒙府本補。
〔十六〕原文無『他』字，據蒙府本補。

第四十五回 金蘭契互剖金蘭語 風雨夕悶制風雨詞

【回前】富貴榮華春暖，夢破黃粱（原作糧）愁晚。金玉作樓臺，也是戲場妝點。莫緩，莫緩，遺却靈光不遠。

話說鳳姐正在安慰平兒，忽見衆人進來，忙讓了坐，平兒斟上茶來。鳳姐笑道：『今兒來的這麼齊全，倒像下帖子請了來的。』探春先笑道：『我們有兩件事：一件是我的〔一〕，一件是四妹妹的，還夾着老太太的話。』鳳姐笑道：『有什麼事，這麼要緊？』探春笑道：『我們起了一個詩社，頭一社就不齊全，衆人臉軟，所以就亂了。我想必得你去作個監社御史，鐵面無私才好。再四妹妹為畫園子的圖兒，用的東西這般那般不全，回了老太太，說：「祇怕後樓底下還有當年剩下的，找一找，若有呢，拿出來；若沒有，叫人買去。』鳳姐笑道：『我又不會做什麼濕的幹的，要我吃東西不成？』探春道：『你雖不會作，也不要你作詩。

祇監察着我們裏頭有偷安的，有怠惰的，該怎麼樣罰就是了。』鳳姐笑道：『你們別哄我了，我猜着了，那裏是請我作監社！這分明是叫我作一個進錢的銅商。你們算什麼社，必是要輪流作東道的。你們月錢不夠花了，想出這個法子來勾了我去，好和我要錢。可是這個主意？』一席話，說的衆人都笑起來了。李紈笑道：『真真你是個水晶心肝玻璃人。』鳳姐笑道：『虧你是個大嫂子呢！把姑娘們〔二〕原交給你帶着念書學規矩針綫的，他們不好，你還要勸。這會子他們起詩社，能用幾個錢，你就不管了？老太太、太太罷了，原是老封君。你一個月十兩銀子的月錢，比我們多兩倍子。老太太、太太還是說你寡婦失業的，可憐，不夠用，因有個小子，又添了十兩，和老太太、太太平等。又給你園子地，各人取租錢。年終分年例，又是上上分兒。你娘兒們，主子奴才共總沒十個人，吃的穿的仍舊是官中的。一年通共算起來，也有四五百兩銀子。這會子你就每年拿出一二百兩〔三〕銀子來陪他們玩玩，能幾年的限？他們各人出了閣，難道還要你賠不成？這會子你怕花錢，調唆他們來鬧我，我樂得去吃一個河落海幹，我還通不知道呢！』

李紈笑道：『你們聽聽，我說了一句話，他就瘋了似的，說了兩車無賴的泥腿市俗家常打算盤分斤撥兩的話出來。庚：心直口拙之人急了，恨不得將萬句話來并成一句，說死那人。逼（原作畢）肖。這東西，虧他托生在詩書大宦名門之家做小姐出身，出了嫁又是這様，他還是這麼着；若生在貧寒之家，小門小戶的，做個小子，還不知怎麼下作貧嘴惡舌的呢！天下人都被你算計了去！昨兒還打平兒呢，虧你伸的出手來！那黃湯難道灌喪了狗肚子裏去了？氣的我衹要給平兒打抱不平兒。忖度了半日，好容易「狗長尾巴尖兒」的好日子，又怕老太太心裏不受用，因此沒來，究竟氣還未平。你今兒還招我來了。給平兒拾鞋也不要，你們兩個衹該換一個過子才是。』說的衆人都笑了。鳳姐忙笑道：『竟不是為詩為畫來找我的，這臉子竟是為給平兒來報仇的。我竟不承望平兒有你這麼一位仗腰子的人。早知道，便〔四〕有鬼拉着我的手打他，我也不打了。平姑娘，過來！我當着大奶奶，姑娘們給你賠個不是，擔待我酒後無德罷。』說着，衆人又都笑起來了。李紈笑問平兒道：『如何？我說必定要給你爭氣才罷。』平兒笑道：『雖然如此，奶奶們取笑，我禁不起。』李紈道：『什麼禁不起，有我呢。快拿鑰匙叫你主子開了樓房找東西去。』

鳳姐笑道：『好嫂子，你且同他們回園子裏去。我才要把這米帳和他們算一算，那邊大太太又打發人來叫，又不知有什麼話說，須得過去走一趟。還有年下你們添補的衣服，還沒打點給他們做去。』李紈笑道：『這些事我都不管，你衹把我的事完了我好歇着去，省得這些姑娘們、小姐們鬧我。』鳳姐忙笑道：『好嫂子，賞我一點空兒。你是最疼我的，怎麼為平兒就不疼我了？往常你還勸我說，事情雖多，也該保養身子，撿點着偷空兒歇歇，你今兒反倒逼我的命了。况且誤了別人年下的衣裳無礙，他姊妹們若誤了，卻是你的責任，老太太豈不怪你不管閑事，連一句現成話也不說？我寧可自己落不是，豈敢帶累你呢。』李紈笑道：『你們聽聽，說的好不好？把他會說話的！我且問你，這詩社你到底管不管？』鳳姐笑道：『這是什麼話，我若不入社花幾個錢，我不成了大觀園的反叛了，還想在這裏吃飯？明日一早就到任，下馬拜了印，先放下五十兩銀子給你們慢慢的作社會東道。過後幾天，我又不作詩作文，衹不過作個俗人罷了。「監察」也罷，不「監察」也罷，有了錢了，你們還攆出我來也使得！』說的衆人又都笑起來。鳳姐又道：『過會子我開了樓房，凡有的這些東西都叫人搬出來你們看，若使得，留着使，若少什麼，照着你們的單子，我叫人替你們買去就是了。畫絹我就裁出來。那圖樣沒在太太跟前，還在珍大爺那裏呢。說給你們，別碰釘子去。我打發人取了來，一并叫人連絹交給相公們礬去，如何？』李紈點頭笑道：『這難為你，果然這樣還罷了。既如此，咱們家去罷，等着他不送了去再來鬧他。』說着，便帶着衆人就要走。鳳姐道：『這些事再無兩個人，都是寶玉作出來的。』李紈聽了，忙回身笑道：『正是為寶玉來，反忘了。頭一社就是他誤了。我們臉軟，你說〔五〕

該怎麼罰他？』鳳姐想了一想，說道：『沒有別的法子，衹叫他把你們各人的屋子裏的地，罰他掃一遍才好。』衆人都笑道：『這話不差。』

說着，才要回去，衹見一個小丫頭扶了賴嬤嬤進來。鳳姐兒等忙站起來，笑讓：『大娘坐。』又都給他道喜，賴嬤嬤向炕沿上坐了，笑道：『我也喜，主子們也喜。若不是主子們恩典，我們這喜從何來？昨兒奶奶又打發彩哥兒賞東西，我孫子在門上朝上磕了頭了。』李紈笑道：『多早晚上任去？』賴嬤嬤笑道：『我那裏管他，由他們去罷！前兒在家裏給我磕頭，我沒好話，我說：「哥兒，你別說你是官兒了，就橫行霸道起來！你今年活了三十歲，雖然是人家的奴才，一落娘胎胞，主子的恩典，放你出來，上托着主子的洪福，下托着你老子娘，也是公子哥兒似的讀書認字，也是丫頭、老婆、奶子捧鳳凰似的，長了這麼大。你那裏知道那「奴才」兩字是怎麼寫！衹知道享福，也不知你爺爺和你老子受的那苦惱，熬了三輩子，好容易掙出你這麼個東西來。從小兒三災八難，花的銀子也照樣打出你這麼個銀人來了。到二十歲上，又蒙主子的恩典，許你捐了前程在身上。你看那正根正苗的忍饑挨餓的要多少？你一個奴才秧子，仔細折了福！如今樂了十年，不知怎麼弄神弄鬼的，求了主子，又選了出來。州縣官兒雖小，事情卻大，為那一州的州官，就是那一方的父母。你不安分守己，盡忠報國，孝敬主子。祇怕天地不容你。』

李紈、鳳姐都笑道：『你也多慮。我們看他也就好。先那幾年還進來了幾次，這有好幾年沒來了，年下生日，祇見他的名字就罷了。前兒給老太太、太太磕頭來，在老太太那院裏，見他又穿着新官服色，倒發的威武了，比先時也胖了。他這一得了官，正該你樂呢，反倒愁起這些來！他不好，還有他父親呢，你祇管受用你的就完了。閑了坐個轎子進來，和老太太鬥一天牌，說一天話兒，誰好意思的委屈了你。家去一般也是樓房廈廳，誰不敬你，自然也是老封君似的了。』

平兒斟上茶來，賴嬤嬤忙站起來接了，笑道：『姑娘不管叫那個孩子倒來罷了，又折受我。』說着，一面吃茶，一面又道：『奶奶不知道，這些孩子們全要管的嚴。饒這麼樣，他們還偷空兒鬧個亂子來叫大人操心。知道的，說小孩子們淘氣；不知道的，人家就說仗着財勢欺人，連主子的名聲也不好了。恨的我沒法兒，常把他老子叫了來罵一頓，才好些。』因又指着寶玉道：『不怕你嫌我，如今老爺不過這麼管你一管，老太太護在頭裏。當日老爺小時挨你爺爺的打，誰沒看見的。老爺小時，何曾像你這麼〔六〕天不怕地不怕的了。還有那邊大老爺，雖然淘氣，也沒像你這扎窩子的樣兒，也是天天打。還有東府裏的珍哥兒，他爺爺那才是火上澆油的性子，說聲惱了，什麼兒子，竟是審賊！如今我眼裏看着，耳朵裏聽着，那珍大爺管兒子倒像當日老祖宗的規矩，衹是管的到三不着兩的。他自己也不管一管自己，怎麼怨的這些兄弟侄兒不怕他？你心裏明白，喜歡我說，不明白，嘴裏不好意思說，心裏不知怎麼駡我呢。』

正說着，衹見賴大家的來了，接着周瑞家的、林之孝家的都進來回事情。鳳姐兒笑道：『媳婦來接婆婆來了。』賴大家的笑道：『不是接他老人家，倒是打聽打聽奶奶、姑娘們賞臉不賞？』賴嬤嬤聽了，笑道：『可是我糊塗了，正經話且不說，且說陳谷子爛芝麻的混搗。因為我的小子選了出來，衆親友要給他賀喜，少不得家裏擺個酒。我想，擺酒，請這個也不是，請那個也不是。又想了一想，托主子的洪福，想不到的這樣榮耀，就傾了家，我也是願意的。因此吩咐他老子連擺三日酒：頭一日，在我們破花園子裏擺幾席酒，一臺戲，請老太太、太太們、奶奶、姑娘們去散一日悶；外頭大廳上一臺戲，擺幾席酒，請老爺們、爺們增增光；第二日，再請親友們；第三日，再把我們的這兩府裏的伴兒們請一請。熱鬧三天，也是托着主子的洪福一場，光輝光輝。』李紈、鳳姐都笑道：『多早晚的日子？我們必去，衹怕老太太高興要去，也定不得。』賴大家的忙道：『擇了十四的日子，衹看我們奶奶的老臉罷了。』鳳姐笑道：『別人不知道，我是一定去的。

先說下，我是沒有賀禮的，也不知道放賞，吃完了一走，可別笑話。』賴大家的笑道：『奶奶說那裏話？奶奶要賞，賞我們三二萬銀子就有了。』

賴嬤嬤笑道：『我才去請老太太，也說去，可算我這臉還好。』說畢又叮嚀了一會，方起身要走，因看見周瑞家的，便想起一事來，因說道：『可是還有一句話問奶奶，周瑞的兒子犯了什麼不是，攆了他不用了？』鳳姐聽了，笑道：『正是我要告訴你媳婦，事情多，也忘了。賴嫂子回去說給你老頭子，兩府裏不許收留他小子，叫他各人去罷。』賴大家的祇得答應着，周瑞家的忙跪下央求。賴嬤嬤忙道：『什麼事？說給我評評。』鳳姐兒道：『前兒我的生日，裏頭還無吃酒，他小子先醉了。老娘那邊送了禮來，他不說在外頭張羅，他倒坐着罵人，禮也不送進來。兩個女人進來了，他才帶着小幺們往裏抬。小幺兒們倒好，他拿的一盒子倒失了手，撒了一院子饅首。人去了，打發彩明去說他，他倒罵了彩明好一頓。這樣無法無天的忘八羔子，還不攆了做什麼！』賴嬤嬤笑道：『我當什麼事情，原來為這個。奶奶聽我說：他有了不是，打他罵他，使他改過，攆了去斷乎使不得。他又比不得咱們家的家生子兒，他現是太太的陪房。奶奶祇顧攆了他，太太臉上〔七〕不好看。依我說，奶奶教導他幾個板子，以戒下次，仍留着才是。不看他娘，也看太太。』鳳姐聽說，便向賴大家的說道：『既這樣，打他四十棍，以後不許他吃酒。』賴大家的答應了。周瑞家的磕頭起來，又要與賴嬤嬤磕頭，賴大家的拉着方罷。然後他三人去了，李紈等也就回園中來。

至晚，果然鳳姐命人找了許多舊收的畫具出來，送至園中。寶釵等選了一會，各色東西可用的祇有一半，將那一半又開了單子，與鳳姐去照樣置買，不必細說。

一日，外面礬了絹，起了稿子拿進來。寶玉每日便在惜春這裏幫忙。庚：自忙不暇，又加上一『幫』字，可笑可笑。所謂《春秋》筆法。探春、李紈、迎春、寶釵等也都往那裏來閑坐，一則觀畫，二則便于會面。寶釵因見天氣涼爽，夜復漸長，庚：『復』字妙！補出寶釵每年夜長之事，皆《春秋》字法也。遂至母親房中商議，打點些針綫日間做，及至賈母處、王夫人處省候二次，不免又承色陪坐閑話半時，園中姊妹也要度時閑話一會，故日間不大得閑，每夜燈下女工必至三更方寢。庚：燈下秋夕。寫針綫下『商議』二字，直將寡母訓女多少溫存活現在紙上，不寫阿呆兄，已見阿呆兄終日醉飽優游，怒則吼，喜則躍，家務一概無聞之形景畢露矣。《春秋》筆法。黛玉每歲至春分、秋分之際，必犯嗽疾；今秋又遇賈母高興，多游玩了兩次，未免過勞了神，近日又復嗽起來，覺得比往常又重些，所以總不出門，祇在自己房中將養。有時悶了，又盼個姊妹們來說些閑話排遣排遣；及至寶釵等來望候他，說不得三五句話又厭煩了。衆人都體諒他病中，且素日形體嬌弱，禁不得一些委屈，所以他接待不周，禮數疏忽，都不苛責。

這日，寶釵來望他，因說起這病癥來。寶釵道：『這裏走的幾個太醫雖都還好，衹是你吃他們的藥總不見效，不如再請一個高明人來瞧一瞧，治好了豈不好？每年間鬧一春，又不老又不小，成個什麼？不是個常法兒。』黛玉道：『不中用。我知道我這病是不能好的。且別說病，衹論好的日子我是怎麼個形景，就可知了。』寶釵點頭道：『可正是這話。古人說「食谷者生」，你素日吃的竟不能添養精神血氣，也是不好的事。』黛玉嘆道：『「死生有命，富貴在天」，也不是人力可強的。今年比往年反覺又重了些似的。』說話之間，已咳嗽兩三次。寶釵道：『昨兒我看你那藥方上，人參、肉桂覺得太多了。雖然益氣補神，也不宜太熱。依我說，先以平肝健胃為要，肝火一平，不能克土，胃氣無病，飲食就可以養人了。每日早起拿上等燕窩一兩，冰糖五錢，用銀銚子熬出粥來，若吃慣了，比藥還強，最是滋陰補氣的。』

黛玉嘆道：『你素日待人，固然是極好的，然我最是個多心的人，衹當你心裏藏奸。從前日你說看雜書不好，又說我那些好話，我大感激你。往日竟是我錯了，實在誤到如今。細細算來，我母親去世的早，又無姊妹兄弟，我長了今年十五歲，庚：黛玉才十五歲。記清！竟無一個人像你前日的話教導我。怨不得雲丫頭說你好。我往日見他贊你，我還不受用，昨兒我親自經過，才知道了。比如要是你說了那個，我再不輕放過；你竟不介意，反勸我那些話，可知我竟自誤了。若不是從前日看出你來，今日這話，再不對你說。你方才說叫我吃燕窩粥的話，雖然燕窩易得，但祇我因身上不好了，每年犯這個病，也沒什麼要緊的去處。請大夫、熬藥，人參、肉桂，已經鬧了個天翻地覆，這會子我又興出新文來熬什麼燕窩粥，老太太、太太、鳳姐姐三個人便沒話說，那些底下的人，未免嫌我太多事了。這裏這些人，因見老太太多疼寶玉和鳳丫頭兩個，他們尚虎視眈眈〔八〕，背地裏言三語四的，何況于我？又不是他們這裏正經主子，原是無依無靠投奔了來的，他們已經多嫌着我了。如今我還不知進退，何苦叫他們咒我？』寶釵道：『這樣說，我也是和你一樣。』黛玉道：『你如何比我？你又有母親，又有哥哥，這裏又有買賣地土，家裏又仍舊有房有地。你不過是親戚的情分，白住在這裏，一應大小事情，又不沾他們一文半個，要走就走了。我是一無所有，吃穿用度，一草一紙，皆是和他們家姑娘一樣，那起小人豈有不多嫌的。』寶釵笑道：『將來也不過多費得一分嫁妝罷了，如今也愁不到這裏。』庚：寶釵此一戲，直抵過通部黛玉之戲寶釵矣，又懇切，又真情，又平和，又雅致，又不穿鑿，又不牽强。黛玉因識得寶釵後，方吐真情；寶釵亦識得黛玉後，方肯戲也。此是大關節、大章法，非細心看不出。□□細思（原作心）二人此時好看之極，真是兒女小窗中喁喁也。黛玉聽了，不覺紅了臉，笑道：『人家才拿你當個正經人，把心裏的煩難告訴你聽，你反拿我取笑兒。』寶釵笑道：『雖是取笑，卻也是真話。你放心，我在這裏一日，我與你消遣一日。你有什麼委屈煩難，衹管告訴我，我能解的，自替你解一解。我雖有個哥哥，你也是知道的，衹有個母親比你略強些。咱們也算同病相憐。你也是個明白人，何必作「司馬牛之嘆」？庚：通部眾人必從寶釵之評方定，然寶釵亦必從顰兒之評始可，何妙之至！你才說的也是，多一事不如省一事。我明日家去和媽媽說了，衹怕我們家裏還有，與你送幾兩來，每日叫丫頭們就熬了，又便宜，又不勞師動眾的。』黛玉忙嘆道：『東西事小，難得你多情如此！』寶釵道：『這有什麼放在口裏的？衹愁我在你跟前失于應候罷了。衹怕你煩了，我且去了。』黛玉道：『晚上再來和你說句話兒。』寶釵答應着便去了，不在話下。

這裏黛玉喝了兩口稀粥，仍歪在床上，不想日未落時天就變了，淅淅瀝瀝下起雨來。秋霖霢霢，陰晴不定，那天漸漸的黃昏，且陰的沉重，兼着那雨滴竹梢，更覺凄涼。知寶釵不能來，便在燈下隨便拿了一本書，卻是《樂府雜稿》，有《秋閨怨》《別離怨》等詞。黛玉不覺心有所感，亦不禁發于章句，遂成《代別離》一首，擬《春江花月夜》之格，乃名其詞曰《秋窗風雨夕》。其詞曰：

秋花慘淡秋草黄，耿耿秋燈秋夜長。
已覺秋窗秋不盡，那堪風雨助凄凉！
助秋風雨來何速！驚破秋窗秋夢緑。
抱得秋情不得〔九〕眠，自向秋屏移泪燭。
泪燭摇摇爇短檠，牽情〔十〕照恨動離情。
誰家秋院無風入？何處秋窗無雨聲？
羅衾不奈秋風力，殘漏聲催秋雨急。
連宵霢霢復颼颼，燈前似伴離人泣。
寒烟小院轉蕭條，疏竹虚窗時滴瀝。
不知風雨幾時休，已教泪灑窗紗濕。

吟罷擱筆，方欲要安寢，丫鬟報説：『寶二爺來了。』一語未完，衹見寶玉頭上帶着大鬥笠，身上披着蓑衣。黛玉不覺笑了，說：『那裏來的一個漁翁！』寶玉忙問：『今兒好了？庚：一句。吃了藥沒有？庚：兩句。今兒一日吃了多少飯？』庚：三句。一面說，一面摘笠脫蓑，忙一手舉起燈來，一手遮住燈光，向黛玉臉上照一照，覷着眼細瞧了一瞧，笑道：『今兒氣色好了。』

黛玉看蓑衣裏面，衹穿着半舊紅綾短襖，系着綠汗巾子，膝下露出油綠綢灑花褲子，底下是描金滿綉的綿紗襪子，趿著蝴蝶落花鞋。黛玉問道：『上頭怕雨，底下不怕雨？鞋襪子也倒幹淨。』寶玉笑道：『我這一套是全的。有一雙棠木屐子，才穿了來，脫在廊檐上了。』黛玉又看那蓑衣鬥笠不是尋常市賣的，十分細致輕巧，因說道：『是什麼草編的？怪道穿上不像那刺猬似的。』寶玉道：『這三樣都是北靜王送的。他閑了下雨時，在家裏也是這樣。你喜歡這個，我也弄一套來送你。別的都罷了，惟有這鬥笠有趣，竟是活的。上頭這頂兒是活的，冬天下雪，戴上帽子，就把竹信子抽了，去下頂子來，衹剩了這圈子〔十一〕，男、婦都戴得，我送你一頂，冬天戴。』黛玉笑道：『我不要他。戴上那個，成個畫兒上畫的和戲上〔十二〕扮的漁婆兒了。』及說了出來，方想起話未〔十三〕忖度，與方才說寶玉的話相連，後悔不及，羞的滿面飛紅，便伏在桌上嗽個不住。庚：妙極之文，使黛玉自己直説出夫妻來，却又雲畫的扮的。本是閑談，却是暗隱不吉之兆，所謂『畫兒中愛寵』是也，誰曰不然？

寶玉卻不留心，庚：必雲『不留心』方好，方是寶玉。若留心，又有何文字？且直是一時時獵色之（原作一）賊矣。因見案上有詩，遂拿起來看了一遍，不禁叫好。黛玉聽了，忙起來奪在手內，向燈上燒了。寶玉笑道：『我已經背熟了，燒了也無益。』黛玉道：『我也好些，多謝你一天來幾次瞧我，下雨還來。這會子夜深了，我也要歇着，你且請回去，明日再來。』寶玉聽說，回手向懷中掏出個核桃大小的一個金表來，瞧了一瞧，那針已指到戌末、亥初之間，忙又揣了，說道：『原該歇了，又擾的你勞了半日神。』說着，披蓑戴笠出去了，又翻身進來問道：『你想什麼吃，你告訴我，我明兒一早回老太太，豈不比老婆子們說的明白？』庚：直與後部寶釵之文遥遥針對。想彼姊妹房中婆子、丫鬟皆有，隨便皆可遣使。今寶玉獨雲婆子而不雲丫鬟者，心內已度定丫鬟之爲人。一言一事，無論大小，是萬（原作方）無錯謬者也，一何可笑！黛玉笑道：『等我夜裏想起來，明兒早起告訴你。你聽雨越發緊了，快去罷。可有人跟着沒有？』有兩個婆子答應道：『有人在外面拿着傘，點着燈籠呢。』黛玉笑道：『這個天點燈籠？』寶玉道：『不相幹，是明瓦的，不怕雨。』黛玉聽說，回手向書架上把個玻璃綉球燈拿了下來，命點上一支小蠟來，遞與寶玉，道：『這個又比那個亮，正是雨裏點的。』寶玉道：『我也有這麼一個，怕他們失腳滑倒了，打破了，所以沒點來。』黛玉道：『跌了燈值錢，跌了人值錢？你又穿不慣木屐子。那燈籠命他們前頭照着。這個又輕巧又亮，原是雨裏自己拿着的，你自己拿着這個，豈不好？明兒再送來。就失了手打了，也有限的，怎麼又忽然變出這「剖腹藏珠」的脾氣來了！』寶玉聽說，連忙接了過去，前頭兩個婆子打着傘，提着明瓦燈，後頭還有兩個小丫頭打着傘。寶玉便將這個燈遞與一個小丫頭捧着，寶玉扶着他的肩頭，一徑去了。

就有蘅蕪院的一個婆子，也打着傘，提着燈，送了一大包上等燕窩來，還有一包子潔粉梅片雪花洋糖。說：『這比買的強。姑娘說了，姑娘先吃着，吃完了再送來。』黛玉回說：『費心。』命他外頭坐了吃茶。婆子笑道：『不吃茶了，我還有事呢。』黛玉笑道：『我也知道你們忙。如今天又涼快，夜又長了，越發該會個夜局，痛賭兩場了。』婆子笑道：『不瞞姑娘說，今年我大沾了光了。横豎每夜各處有幾個上夜的人，誤了更也不好，不如會個夜局，又坐了更，又解了悶。今兒又是我的頭家，如今園門關了，就該上場了。』

庚：幾句閑話，將潭潭大宅夜間所有之事，描寫一盡。雖偌大一園，且值秋冬之夜，豈不寥落哉？今用老嫗數語，更寫得每夜深人定之後，各處燈（原無）光燦爛，人烟簇集，柳陌之上（原無），花（原無）巷之中，或提燈同酒，或寒月烹茶者，竟仍有絡繹人迹不絶，不但不見寥落，且覺更勝于日間繁華矣。此是大宅妙景，不可不寫出。又伏下後文，且又襯（原作趁）出後文之冷落。此閑話中寫出，正是不寫之寫也。脂硯齋評。

黛玉聽說，笑道：『難為你。誤了你發財，冒雨送來。』命人給他幾百錢，打些酒吃，避雨氣。那婆子笑道：『又破費姑娘賞酒吃。』說着，磕了個頭，到外面接了錢，打着傘去了。

紫鵑收起燕窩，然後移燈下簾，伏侍黛玉睡下。黛玉在枕上感念寶釵，一時又羨他有母有兄；一面〔十四〕又想寶玉與我雖素習和睦，終有嫌疑。又聽見窗外竹梢蕉葉之上，雨聲淅瀝，清寒透幔，不覺又滴下泪來。直到四更將闌，方漸漸睡了。暫且無話，且聽下回分解。

總評

請看賴大，則知貴家奴婢身份，而本主毫不以爲過分。習慣自然，故是有之。見者當自度是否可也。

校記

〔一〕此處『一件是我的』一句，原文無，據庚辰本補。

〔二〕原文無『們』字，據蒙府本補。

〔三〕原文無『兩』字，據庚辰本補。

〔四〕原文無『便』字，據蒙府本補。

〔五〕原文無『説』字，據庚辰本補。

〔六〕原文無『這麽』二字，據蒙府本補。

〔七〕原文無『臉上』二字，據庚辰本補。

〔八〕此處的『虎視眈眈』數字，原文爲『虎視昂昂』，據庚辰本改。

〔九〕此處的『不得』二字，庚辰本爲『不忍』。

〔十〕此處的『牽情』二字，庚辰本爲『牽愁』。

〔十一〕原文無『戴上帽子，就把竹信子抽了，去下頂子來，衹剩了這圈子』一句，據庚辰本補。

〔十二〕原文無『上』字，據蒙府本補。

〔十三〕此處的『未』字，原文爲『來』，據庚辰本改。

〔十四〕此處的『一面』二字，原文爲『一回』，據蒙府本改。

第四十六回　尷尬人難免尷尬事　鴛鴦女誓絶鴛鴦侶

【回前】裹脚與纏頭，欲覓終身伴。顧影自爲憐，静住深深院。好事不稱心，惡語將人慢。誓死守香閨，遠却楊花片。

庚：此回有本而笔，非泛泛之笔也。只看他题纲用『尴（原作尷）尬』二字于邢夫人，可知包藏含蓄，文字之中莫能量也。

話說林黛玉直到四更將闌，方漸漸的睡着，暫且無話。如今且說鳳姐，因見邢夫人叫他，不知何事，忙另穿了戴了，坐車過來。邢夫人將房内的人都遣出去，悄向鳳姐道：『叫你來，不為別的，有一件為難的事，老爺托我，我不得主意，先和你商議。老爺因看上了老太太的鴛鴦，要他做房裏的人，叫我和老太太討去。我想這倒是平常的事，衹是怕老太太不給，你可有法子？』鳳姐聽了，忙道：『依我說，竟別碰這個釘子去。老太太離了鴛鴦，飯也吃不下去的，那裏肯？況且平日說起閑話來，老太太常說，老爺「如今上了年紀，做什麼左一個小老婆，右一個小老婆放在屋裏？沒的耽誤了人家。放着身子不保養，官兒也不好生做去，成日家和小老婆喝酒」。太太聽這話，很喜歡老爺呢？這會子回避還回避不及，反倒拿草棍戳老虎的鼻子眼兒去！太太別惱，我是不敢去的。明放着不中用，而且反招出沒意思來。如今老爺上了年紀，行事不妥，太太該勸才是。比不得年輕，做這些事無礙。如今兄弟、兒子、侄兒、孫子一大群，還這麼鬧起來，怎麼見人呢？』邢夫人冷笑道：『大家子三房五妾的也多，偏咱們就使不得？我勸了也未必依。就是老太太心愛的丫頭，這麼胡子蒼白〔一〕了又做了官的大兒子，要了做房裏的人，也未必好駁回的。我叫了你來，不過商議商議，你先派上一篇不是。也沒有叫你要去的理，自然是我說去。你倒說我不勸，你還不知道的，那性子，勸不成，先和我惱了。』

鳳姐知道他婆婆稟性愚拙，衹知承順賈赦以自保，貪婪財貨為自得，家下一應大小事務，俱由賈赦擺布。凡出入銀錢，一經他手，便克嗇异常，以賈赦浪費，自為『須得我就中儉省，方可償補』，兒女奴僕，一人不靠，一言不聽的。如今又聽他如此說，便知他又弄左性，勸了也不中用，連忙賠笑說道：『太太這話說的極是。我能活了多大，知道什麼輕重？想來父母跟前，別說一個丫頭，就是那麼大的一個活寶貝，不給老爺給誰？背地裏的話那裏信得？我竟是個呆子。璉二爺或有日得了不是，老爺、太太恨的那樣，恨不得〔二〕立刻拿來一下子打死；及至見了面，也就罷了，依舊拿着老爺、太太心愛的東西賞他。如今老太太待老爺，自然也是那樣了。依我說，老太太今兒喜歡，要討今兒就討去。我先過去哄着老太太發笑，等太太過去了，我搭訕着走開，把屋子裏的人我也帶開，太太好和老太太說。說的給，更好；不給，也沒妨礙，衆人也不得知道。』

邢夫人見他這般說，便又喜歡起來，又告訴他道：『我的主意先不和老太太要。若老太太說不給，這事便死了。我心裏想着先悄悄的和鴛鴦說，他雖害臊，我細細告訴他，他自然不言語，就妥了。那時再和老太太說，老太太雖不依，擱不住他願意，常言「要去難留」，自然這就妥了。』鳳姐笑道：『到底是太太有智謀，這是千妥萬妥的。別說是鴛鴦，憑他是誰，那個不想爬高望上，不想出頭的？這半個主子不做，倒願意做奴才、丫頭，將來配個小子就完了？』邢夫人笑道：『正是這個話了。別說鴛鴦，就是那些執事的大丫頭，誰不願意這樣呢？你先過去，別露一點風聲，我吃了晚飯就過來。』

鳳姐暗想：『鴛鴦素習是個可惡的，雖如此說，保不嚴他就願意。我先過去了，太太後過去，若他依了便〔三〕沒話說；倘或不依，太太是多疑的人，祇怕就疑我走了風聲，使他拿腔作勢的。那時太太又見應了我的話，羞惱變成怒，拿我出起氣來，倒沒意思。不如同着一齊過去了，他依也罷，不依也罷，就疑不到我身上了。』想畢，因笑道：『方才臨來，舅母那邊送了籠子鵪鶉來，我〔四〕吩咐他們炸了，原要趕太太的晚飯送過來的。我才進大門時，見小子們抬車，說太太的車拔了縫了，拿去收拾去了。不如這會子坐了我的車一齊過去倒好。』邢夫人聽了，便命人來換衣服。鳳姐忙着伏侍了一回，娘兒兩個坐車過來。鳳姐又說道：『太太過老太太那裏去，我若跟了去，老太太若問起我過去做什麼的，倒不好。不如太太先去，我脫了衣裳再來。』

邢夫人聽了有理，便自往賈母處來，和賈母說了一會閑話，便出來假托往王夫人房去，從後房門出去，打鴛鴦的卧房門前過。祇見鴛鴦正坐着做針綫，見了邢夫人，忙站起來。邢夫人笑道：『做什麼呢？我瞧瞧，你扎的花兒越發好了。』一面便進來，接他手內的針綫瞧了一瞧，祇管贊好。放下針綫，又渾身打量。祇見他穿着半新的藕合色綾襖，青緞葱牙背心，下面水綠裙子。蜂腰削背，鴨蛋臉面，烏油頭發，高高的鼻子，兩邊腮上微微幾點雀斑。鴛鴦見這般看他，自己倒不好意思起來，心裏便覺詫异，因笑問道：『太太！這會子不早不晚的，過來做什麼？』邢夫人使了個眼色，跟的人退出。邢夫人便坐下，拉着鴛鴦的手笑道：『我特來給你道喜來了。』鴛鴦聽了，心中已猜着三分，不覺紅了臉，低了頭不發一言。聽邢夫人又道：『你知道，你老爺跟前竟無有個可靠的人，庚：説得得體。我正想開口一句不知如何説，如此則妙極，是極，如聞如見。心裏再要買一個，又怕那些人牙子家出來的不幹不淨，也不知道毛病兒，買了來家，三兩日，又肏鬼吊猴的。因此滿府裏要挑一個家生子兒的女兒收了，又沒有好的：不是模樣不好，就是性子不好，有了這個好處，沒有那個好處。因此冷眼選了半年，這些女孩子裏頭，就祇你是個尖兒，模樣兒，行事做人，溫柔可靠，一概是齊全。意思要和老太太討了你去，收在屋裏。比不得外頭新買的，你這一收進去了，進門就開了臉，就封你姨娘，又體面，又尊貴。你又是個要強的人，俗語説的，「金子終得金子換」，誰知竟被老爺看中了你。如今這一來，你可遂了素日的心高志大的願了，也堵一堵那些嫌你的人的嘴。跟了我，回老太太去！』説着拉了他的手就要走。鴛鴦紅了臉，奪手不行。邢夫人知他害臊，便又説道：『這有什麼臊處？你又不用説話，祇跟着我就是了。』鴛鴦祇低頭不動身。邢夫人見他這樣，便又説道：『你這還不願意不成？若果然真不願意，可真是個傻丫頭了。放着主子奶奶不做，倒願做丫頭！三年、二年，不過配上個人，還是奴才。你跟了我們去，你知道我的性子又好，又不是那不容人的。老爺待你們又好。過一年半載，生個或男或女，你就和我并肩了。家裏人，你要使喚誰，誰還不動？現成主子不做去，錯過了這個機會，後悔就遲了。』鴛鴦祇管低了頭，仍是不語。邢夫人又道：『你這麼個爽快人，怎麼又這樣積粘起來？有什麼不稱心之處，祇管説與我，我包管你遂心如意就是了。』鴛鴦仍不言語。邢夫人又笑道：『想必你有老子娘，你自己不肯説話，怕臊。你等他們問你，這也是理。等我問他們去，叫他們來問你，有話祇管告訴他們。』説畢，便往鳳姐房中來。

鳳姐早換了衣服，因房内無人，便將此話告訴了平兒。平兒摇頭，笑道：『據我看，此事未必妥。平常我們背着人説起話來，聽他那主意，未必是肯的。也祇説着瞧罷。』鳳姐道：『太太叫來這屋裏商量。依了還可，若不依，白討個臊，當着你們，豈不臉上不好看。你説給他們，炸些鵪鶉，再有什麼配幾樣，預備吃飯。你且別處逛逛去，估量着去了再來。』平兒聽説，照樣傳給婆子們，便逍遥自在的往園裏來。

這裏鴛鴦見邢夫人去，必在鳳姐房裏商議去了，必定有人來問的，不如躲了這裏，庚：終不免女兒氣，不知躲在那裏方無人來羅唣。

（原作皂），寫得可憐可愛。因找了琥珀說道：『老太太要問我，衹說我病了，沒吃早飯，往園子裏逛逛去就來。』琥珀答應了。鴛鴦也往園子裏來，各處游玩，不想正遇見平兒。平兒因見無人，便笑道：『新姨娘來了！』鴛鴦聽了，便紅了臉，說道：『怪道你們串通一氣來算計我！等着我和你主子鬧去就是了。』平兒聽了，自悔失言，便拉他到楓樹底下，庚：隨筆帶出妙景，正愁園中草木黃落，不想看此一句，便恍如置（原作值）身于千霞萬錦、絳雪紅霜之中矣。坐在一塊石上，率性把方才鳳姐過去回來所有的形景言詞、始末原由告訴與他。鴛鴦紅了臉，向平兒冷笑道：『這是咱們好，比如襲人、琥珀、素雲和紫鵑、彩霞、玉釧兒、麝月、翠墨，跟了史姑娘去的翠縷，死了的可人和金釧，去了的茜雪，庚：余按此一算，亦是十二釵。真鏡中花、水中月，雲中豹，林中之鳥，穴中之鼠，無數可考，無人可指，有迹可追，有形可據，九曲八折，遠響近影，迷離烟灼，縱橫隱現，千奇百怪，眩目移神，現千手千眼大游戲法也。脂硯齋。連上你我，這十來個人，從小兒什麼話兒不說？什麼事兒不做？這如今因都大了，各自幹各自的去了，庚：此語已可傷，猶未各自幹各自去，後日更有各自之處也，知之乎？然我心裏仍是照舊，有話有事，并不瞞你們。這話我先放在你心裏，且別和二奶奶說：別說大老爺要我做小老婆，就是大太太這會子死了，他三媒六聘的娶我去做大老婆，我也不能去。』

平兒笑着，方欲答言，衹聽山石背後哈哈的笑道：『好個沒臉的丫頭，虧你不怕牙磣。』二人聽了不免吃了一驚，忙起身向山石背後找尋，不是別個，卻是襲人笑着走了出來，問：『什麼事情？告訴我聽。』說着，三人坐在石上。平兒又把方才的話，說與襲人聽，道：『真真這話論理不該我們說，這個大老爺太好色了，略平頭正臉的，他就不放手了。』平兒道：『你既不願意，我教給你個法子，不用費事就完了。』鴛鴦道：『什麼法子？你說來我聽聽。』平兒笑道：『你向老太太說，就說已經給了璉二爺了，大老爺就不好要了。』鴛鴦啐道：『什麼東西兒！你還說呢！前兒你主子不是這麼混說的？誰知應在今日了！』襲人笑道：『他們兩個都不願意，你向老太太說，叫老太太就說把你已經許了寶玉了，大老爺也就死了心了。』鴛鴦又是氣，又是臊，又是急，因罵道：『兩個蹄子不得好死的！人家有為難的事，拿着你們當作正經人，告訴你們與我排解排解，你們倒替換着取笑兒。你們自為都有了結果了，將來都是做姨娘的。據我看，天下的事未必都遂心如意。你們且收着些兒，別忒樂過了頭兒！』二人見他急了，忙賠笑央告道：『好姐姐，別多心，咱們從小兒都是親姊妹一般，不過無人處偶然取個笑兒。你的主意告訴我們知道，也好放心。』鴛鴦道：『什麼主意！我祇不去就完了。』平兒搖頭道：『你不去，未必得幹休。大老爺的性子你是知道的，雖然你〔五〕是老太太的人，此刻不敢把你怎麼樣，將來難道你跟老太太一輩子不成？也要出去的。那時落了他的手，倒不好了。』鴛鴦冷笑道：『老太太在一日，我一日不離這裏；若是老太太歸西去了，他橫豎還有三年的孝呢，沒個娘死了，他先放小老婆的！等過了三年，知道又是怎麼個光景，那時再說。縱到了至急為難，我剪了頭發當姑子去；不然，還有一死。一輩子不嫁男人，又怎樣？樂得幹淨呢！』平兒笑道：『真這蹄子沒了臉，越發信口兒都說出來了。』鴛鴦道：『事到如此，臊一會子怎麼樣！你們不信，慢慢的看着就是了。大太太才說，找我老子娘去。我看南京找去！』平兒道：『你的父母都在南邊看房子，沒上來，終久也尋的着。現在還有你哥哥、嫂子在這裏。可惜你是這裏家生女兒，不如我們兩個人是單在這裏。』鴛鴦道：『家生女兒怎麼樣！「牛不喝水強按頭」？我不願意，難道叫了我的老子娘來就願意了不成？』

正說着，祇見他嫂子從那邊走來。襲人道：『當時找不着你的爹娘，一定和你嫂子說了。』鴛鴦道：『這個娼婦專管是個「九國販駱駝的」，聽了這話，他有個不奉承去的！』說話之間，已來到跟前。他嫂子笑道：『那裏沒找到，姑娘跑了這裏來了！你跟了我來，我和你說句話。』平兒、襲人都忙讓坐。他嫂子祇說：『姑娘們請坐，我〔六〕找我們姑娘說句話。』平兒、襲人都裝不知道，笑道：『什麼事這樣忙？我們這裏猜謎兒，贏手批子打呢〔七〕，猜了這個再去。』鴛鴦道：『什麼話？你說罷。』他嫂子笑道：『你跟了我來，到那裏我告訴你，橫豎有好話兒。』鴛鴦道：『可是大太太和你說的那話？』他嫂子笑道：『姑娘既知道，還奈何我！快來罷，我細細的告訴你，可是天大喜事。』鴛鴦聽說，立起身來，照他嫂子臉上使勁的啐了一口，指着罵道：『你快夾着那油嘴離了這裏，好多着呢！什麼「好話」！宋徽宗的鷹，趙子昂的馬，都是『好話』。什麼「喜事」！狀元痘兒灌的漿兒又滿是喜事。怪道成日家羨慕人家女兒做了小老婆了，一家子都仗着他橫行霸道的，一家子都成了小老婆了！看的眼熱了，也把我送在火坑裏去。我若得臉呢，你們外頭橫行霸道，自己就封了自己〔八〕是舅爺了。我若不得臉敗了時，你們把忘八脖子一縮，生死由我去。』一面罵，一面哭，平兒、襲人攔着勸。他嫂子臉上下不來，因說道：『願意不願意，你也好說，不犯着牽三挂四的。俗語說，「當着矮人，別說短話」。姑娘罵我，我不敢還言，這二位姑娘并沒有惹着你，小老婆長小老婆短，人家臉上怎麼過得去？』襲人、平兒忙道：『你別這麼說，他也并不是說我們，你倒別牽三挂四的。你聽見那位太太、老爺封了我們姨娘了？況且我們兩個也沒有爹娘、哥哥、兄弟在這門子裏仗着我們橫行霸道的。他罵的人自有他罵的，我們犯不着多心。』鴛鴦道：『他見我〔九〕罵了他，他臊了，沒的蓋臉，又拿話挑唆你們兩個，幸虧你們兩個明白。原是我急了，也沒分別出來，他就挑出這個空兒來。』他嫂子自覺沒趣，賭氣去了。鴛鴦氣得還罵，平兒勸了他一會，方罷了。

平兒因問襲人道：『你在那裏藏着做什麼的？我們就沒看見你。』襲人道：『我因為往四姑娘房裏找我們寶二爺去的，誰知遲了一步兒，說是來家來了。我疑惑怎麼沒看見呢，想要往林姑娘屋裏找去，又遇見他們屋裏的人說也沒去。我心裏正疑惑是出園子去了，可巧你從那裏來了，我一閃，你也沒看見。後來他又來了。我從樹後頭走到山子石後，我卻見你兩個說話來了，誰知你們四個眼睛沒看見我。』

一語未了，又聽身後笑道：『四個眼睛沒見你？你們六個眼睛竟沒見我！』三人唬了一跳，回頭時看，不是別個，正是寶玉走來。庚：通部情案，皆必從石兄挂號，然各有各稿，穿插神妙。襲人先笑道：『叫我好找，你在那裏來？』寶玉笑道：『我從四妹妹那裏出來，迎頭看見你來了，我就知道是找我去的，我就藏了起來哄你。看你趁着頭過去了〔十〕，進了院子，又出來了，逢人就問我在那裏。我好笑〔十一〕。原要等你到了跟前，唬你一跳的。後來見你也藏藏躲躲的，我就知道也是要哄人了。我探頭往前看了一看，卻是他們兩個，所以我就繞到你身後。你出去了，我就躲在你躲的那裏了。』平兒笑道：『咱們再找一找去，祇怕還找出兩個人來也未可知。』寶玉笑道：『這可再沒了。』鴛鴦已知話俱被寶玉聽了去，祇伏在石頭上裝睡。寶玉笑推他道：『這石頭上冷，咱們回房裏去睡，豈不好？』說着拉起鴛鴦來，又忙讓平兒來家吃茶。平兒、襲人都勸鴛鴦走，鴛鴦方立起身來，四人竟往怡紅院來。寶玉將方才的話俱已聽見，此時自然心中不悦，衹默默的歪在床上，任他三人在外間説笑。

且説邢夫人因問鳳姐鴛鴦的父母，鳳姐回説：『他爹的名字叫金彩，庚：姓金名彩，由『鴛鴦』二字化出，因文而生文也。兩口子都在南京看房子，從不大上京。他哥哥金文翔，庚：更妙！現在是老太太那邊的買辦。他嫂子也是老太太那邊漿洗上的頭兒。』庚：衹鴛鴦一家，寫的榮府中人各有各職，如目已睹。邢夫人聽了，便命人叫了他嫂子金文翔媳婦，細細説與他。金文翔媳婦自是歡喜，興興頭頭去找鴛鴦，指望一説必妥，不想被鴛鴦搶白了一頓，又被襲人、平兒説了幾句，着惱回來，便對邢夫人説：『不中用，他倒罵了我一頓。』因鳳姐在旁，不敢提平兒，衹説：『襲人也幫着他搶白我，説了許多不知好歹的話，回不得主子的。太太和老爺商議再買罷。諒那小蹄子也沒有這麼大福，我們也沒有這麼大造化。』邢夫人聽了，因説道：『又與襲人什麼相幹？他如何知道的？』又問：『還有誰在跟前？』金文翔家的道：『還有平姑娘。』鳳姐忙道：『你不會拿嘴巴子打他！回回我一出了門，他就逛去了；我回家來，連個影兒也摸不着他的！他必定也幫着説什麼來！』金文翔家的道：『平姑娘沒在跟前，遠遠的看着倒像是他，可也不真切，不過是我白忖度着。』鳳姐便命人去：『快打了他來，告訴他我來家了，大太太也在這裏呢，請他來幫個忙兒。』豐兒忙上來回道：『林姑娘打發人來下請字兒，請了三四次，他才去了。奶奶一進門來，我就叫他去的。林姑娘說：「告訴你奶奶，我煩他有事呢。」』鳳姐聽了方罷，故意的還說『天天煩他，有什麼事！』

邢夫人無計，吃了飯回家，晚間告訴了賈赦。賈赦想了一想，即刻叫賈璉來，說道：『南京的房子還有人看着，不止一家，即刻叫上金彩來。』賈璉回道：『上次南京〔十二〕的信來，金彩已經得了痰迷心竅，那邊連棺材銀子都賞了去，不知如今是活是死，便是活着，人事不知，叫來無用。他老婆又是個聾子。』賈赦聽了，喝了一聲，又駡：『下流囚攮的，偏你這麼知道，還不離了這裏！』唬得賈璉退出，一時又叫傳文翔。賈璉在外書房伺候着，又不敢家去，又不敢見他父親，衹得聽着。一時金文翔來了，小幺兒們直帶到二門口去，隔了五六頓飯時才出來去了。賈璉暫且不敢打聽，隔了一會，又打聽賈赦睡了，方才過來。至晚間鳳姐兒告訴他，方才明白。

鴛鴦一夜沒睡，至次日，他哥哥進來回賈母，說接他家去逛逛。賈母允了，命他出去。鴛鴦意欲不去，又怕賈母疑心，衹得勉強出來。他哥哥衹得將賈赦的話說與他聽，又許他怎麼體面，又怎麼當家做姨娘。鴛鴦衹咬定牙不願意。他哥哥沒法，少不得回復了賈赦。賈赦怒起，因說道：『我這話告訴你，叫你女人向他說去，就說我的話：「自古嫦娥愛少年」，他必定是嫌我老了，大約他戀着少爺們，多半是看上寶玉，衹怕也有賈璉。若有此心，叫他早早歇了。我要，他不來，以後誰還敢收他？此是一件。第二件，想着老太太疼他，將來自然往外聘，做〔十三〕正頭夫妻去。叫他細想，憑他嫁到誰家，也難〔十四〕出我的手中。除非他死了，或是終身不嫁男人，我就服了他了！若不然時，叫他趁早回心轉意，有多少好處。』賈赦說一句，金文翔應一聲『是』。賈赦道：『你別哄我，明兒還打發你太太過去問鴛鴦，你們說了，他不依，便不與你相幹。若問他，他再依了，仔細你的腦袋！』

金文翔忙應了又應，退出回家，也等不得告訴他女人轉說，竟自己對面說了這話。把個鴛鴦氣的無話說，想了一想，便說道：『我便願意，也須得你們帶了我，去回聲老太太。』他哥嫂聽了，祇當他回想過來，都喜之不盡。他嫂子即刻帶了他上來見賈母。

可巧王夫人、薛姨媽、李紈、鳳姐、寶釵等姊妹，并外頭幾個執事有頭臉的媳婦，都在賈母跟前湊趣兒呢。鴛鴦喜之不盡，拉了他嫂子，到賈母跟前跪下，一行哭，一行說，把邢夫人怎麼來說，在園子裏他嫂子又如何說，今兒他哥哥又如何說——『因為不依，方才大老爺率性說我戀着寶玉，不然要等着往外聘，憑我到天邊上，這一輩子也跳不出他的手中去，終究要報仇。我是橫了心的，當着衆人在這裏，我這一輩子，別說是「寶玉」，便是「寶金」「寶銀」「寶天王」、寶皇帝〔十五〕，橫豎不嫁人就完了！就是老太太逼着我，我一把刀子抹死了，也不能從命！若有造化，我死在老太太之先；若沒造化，該討吃的命，伏侍老太太歸了西，我也不跟着我老子娘、哥哥去，或是尋死，或是剪了頭發當姑子去！若說不是真心，暫且拿話支吾，日後再圖別的，天地鬼神，日頭月亮照着嗓子，從嗓子裏頭長疔爛了出來，爛化成醬！』原來他一進來時，便袖了一把剪子，一面說着，一面回手打開頭發，右手就鉸。眾婆娘、丫頭忙上來拉住，已剪下半綹來了。眾人看時，幸而他的頭發極多，鉸的不透，連忙替他挽上。

賈母聽了，氣的渾身亂顫，口內衹說：『我通共剩了這麼一個可靠的人，他們還要來算計！』因見王夫人在旁，便向王夫人道：『你們原來都是哄我呢！外頭孝敬，暗地裏盤算我。有好東西也來要，有好人也要，剩了這麼個毛丫頭，見我待他好了，你們自然氣不過，弄開了他，好擺弄我〔十六〕！』王夫人忙站起，不敢還一言。庚：千奇百怪，王夫人亦有罪乎？老人家遷怒之言必應如此。薛姨媽見連王夫人怪上，反不好勸的了。李紈一聽見鴛鴦這話，早帶了姊妹們出去。探春是有心的人，想王夫人雖委屈，如何敢辯；薛姨媽現是親姊妹，自然也是不好勸的；寶釵也不便為姨媽辯；李紈、鳳姐、寶玉一概不敢辯；這正用着女孩兒之時，迎春老實，惜春又小，因此在窗外聽了一聽，便走進來，賠笑向賈母道：『這事與太太什麼相幹？老太太想一想，也有大伯子要收屋裏人，小嬸如何知道？便知道，也推不知道。』話未說完，賈母笑道：『可是我老糊塗了！姨太太別笑話我。你這個姐姐他極孝順我，不像我那大太太一味怕老爺，婆婆跟前不過應景兒。可是我委屈了他了。』薛姨媽衹答應『是』，又說：『老太太偏心，多疼小兒子媳婦，也是有的。』

賈母道：『我不偏心！』因又說：『寶玉，我錯怪了你娘，你怎麼不提我，看着你娘受委屈？』寶玉笑道：『我偏着我娘說大爺、大娘不成？通共一個不是，我娘在這裏不認，卻推給誰去？我倒要認是我的不是，老太太又不信。』賈母笑道：『這也有理。你快給你娘跪下，你說太太別委屈了，老太太有年紀了，看着寶玉罷。』寶玉聽了，忙走過來，便跪下要說；王夫人忙笑着拉起他來，道：『起來！使不得！終不成你替老太太給我賠不是不成？』寶玉忙站起來。庚：寶玉亦有罪了。賈母又笑道：『鳳丫頭也不提我。』庚：鳳姐也有了罪。奇奇怪怪之文。所謂《石頭記》不是作出來的。鳳姐笑道：『我倒不派老太太的不是，老太太倒尋上我了？』賈母聽了，與眾人都笑道：『這可奇了！倒聽聽這不是。』鳳姐道：『誰教老太太會調理人，調理的水葱兒似的，怎麼怨得人要？我幸虧是孫子媳婦，我若是孫子，我早要了，還等到這會子呢。』賈母笑道：『這倒是我的不是了？』鳳姐笑道：『自然是老太太的不是。』賈母笑道：『這樣，我也不要了，你帶了去罷！』鳳姐笑道：『等我修了這輩子，來生托生個男人，再要罷。』賈母笑道：『你帶了去，給璉兒放在屋裏，看你那沒臉的公公還要不要了！』鳳姐道：『璉兒不配，我和平兒這一對燒糊了的卷子和他混罷。』說的衆人都笑起來了。

忽見丫鬟回說：『大太太來了。』王夫人忙迎出來。要知端的，下回分解。

總評

鴛鴦女從熱鬧中別具一副腸胃。『不輕許人』一事，是宦途中藥石仙方。

校記

〔一〕此處的『蒼白』二字，原文爲『養白』，據庚辰本改。

〔二〕此處的『恨不得』字，原文爲『怎不』，據庚辰本改。

〔三〕此處的『便』字，原文爲『更』，據庚辰本改。

〔四〕此處的『我』字，原文爲『他』，據蒙府本改。

〔五〕原文無『你』字，據庚辰本補。

〔六〕原文無『我』字，據庚辰本補。

〔七〕此處的『我們這裏猜謎兒，羸手批子打呢』句，原文爲『我們這裏猜謎兒呢，羸瓜子打呢』，據庚辰本改。

〔八〕原文無『已』字，據蒙府本補。

〔九〕此處的『見我』二字，原文爲『見了我』，據蒙府本改。

〔十〕此處的『看你趁着頭過去了』句，原文爲『見回着頭過去了』，據庚辰本改。

〔十一〕此處的『逢人就問我在那裏。我好笑』句，庚辰本爲『逢人就問。我在那裏好笑』。

〔十二〕此處的『南京』二字，原文爲『東京』，據蒙府本改。

〔十三〕此處的『作』字，原文爲『想』，據庚辰本改。

〔十四〕原文無『難』字，據蒙府本補。

〔十五〕此處的『寶皇帝』字，原文爲『皇帝』，據庚辰本改。

〔十六〕原文無『有好東西也來要，有好人也要，剩了這麼個毛丫頭，見我待他好了，你們自然氣不過，弄開了他，好擺弄我！』一句，據庚辰本補。

第四十七回　呆霸王調情遭毒打　冷郎君懼禍走他鄉

【回前】不是同人，且莫浪作知心語。似假如真，事事應難許。着緊溫存，白雪陽春曲。誰堪比，船上要離，未解奸俠起。

話說王夫人聽見邢夫人來了，連忙迎了出來。邢夫人猶不知賈母已知鴛鴦之事，正還又來打聽信息，進了院門，早有幾個婆子悄悄的回了他，他方知道。待要回去，裏面已知，又見王夫人接了出來，少不得進來，先與賈母請安，賈母一聲兒也不言語，自己也覺得愧悔。鳳姐早指一事回避了。鴛鴦也自回房去生氣。薛姨媽、王夫人等恐礙着邢夫人的臉面，也都漸漸的退了。邢夫人且不敢出去。

賈母見無人，方說道：『我聽見你替你老爺說媒呢。你倒也三從四德的，祇是這賢慧也太過了！你們如今也是孫子、兒子滿眼了，你還怕他，勸兩句都使不得，還由着你老爺那性兒鬧！』邢夫人滿面通紅，回道：『我勸過幾次都不依。老太太還有什麼不知道的呢，我也是不得已兒的。』賈母道：『他逼着殺人，你也殺去？如今你也想想，你兄弟媳婦本來老實，又生得多病多痛的，上上下下那不是他操心？你一個媳婦雖然幫着，也是天天丢下笆兒弄掃帚。凡百事情，我如今都自己減了。他們兩個就有一些不到的去處，有鴛鴦，那孩子還細心些，我的事情他還想着一點子：該要去的，他就要了來了；該添什麼的，他就度空兒告訴他們添了。鴛鴦再不這樣，他娘兒兩個，裏頭外頭，大的小的，那裏不忽略一點半點，我如今反倒自己操心去不成？還是天天盤算和你們要東西去？我這屋裏有的沒的，剩了他一個，年紀還大些，我凡百的脾氣性格兒他還知道些。二則他還投主子們的緣法，他也并不指着我和這位太太要衣裳去，又和那位奶奶要銀子去。所以這幾年一應事情，他都料理，從你小嬸和你媳婦起，以至家中大大小小，沒有不信的。所以不單我得靠，連你小嬸和你媳婦也都省心。我有這麼個人，便是媳婦、孫子媳婦有想不到的，我也不得缺了，也沒氣可生了。這會子他去了，你們弄個什麼人來我使？你們就弄〔二〕他那麼大一個珍珠人來，不會說話也是無用。我正要打發人和你老爺說去，他要什麼人，我這裏有錢，叫他祇管一萬八千的買去，我祇要這個丫頭。但能留下他伏侍我幾年，就比他日夜伏侍我盡了孝的一樣。你來的也巧，你就去說，更妥當了。』

說畢，命人來：『請了姨太太和你姑娘們〔三〕來，才高興說個話兒，怎麼又都散了？』丫頭們忙答應着去了。衆人忙趕的又來，衹有薛姨媽向那丫鬟說道：『我才來了，又做什麼去？你就說我睡了覺。』那丫鬟道：『好親親的姨太太，姨祖宗！我們老太太生氣呢，你老人家不去，沒個開交了，衹當疼我們罷。你老人家嫌乏，背了你老人家去。』薛姨媽笑道：『小鬼頭兒，你怕些什麼？不過罵幾句完了。』說着，衹得和這丫頭走來。賈母忙讓坐，又笑道：『咱們鬥牌罷。姨太太的牌也生，咱們一處坐着，別叫鳳丫頭混了我們去。』薛姨媽笑道：『正是呢，老太太替我看着些。就是咱們娘兒四個鬥呢，還是再添個人呢？』王夫人笑道：『可不衹四個人。』庚：老實人言語。鳳姐道：『再添一個人熱鬧些。』賈母道：『叫鴛鴦來，叫他在這下手裏坐着。姨太太的眼也花了，咱們兩個的牌都叫他瞧着些兒。』鳳姐兒嘆了一聲，向探春道：『你們知書識字的，倒不學算命！』探春道：『這又奇了。這會子你不打點精神贏老太太幾個錢，又想算命！』鳳姐道：『我正要算算今兒該輸多少錢呢，我還想贏！你瞧瞧，場子沒上，左右都埋伏下了。』說的賈母、薛姨媽都笑了。

一時，鴛鴦來了，便坐在賈母下手，鴛鴦之下是鳳姐。鋪下紅氈子，洗牌告幺，五人起牌。鬥了一會，鴛鴦見賈母的牌已十全，衹等一張『二餅』，便遞了個眼色與鳳姐兒。鳳姐正應該發牌，便故意躊躇半晌，笑道：『我這一張牌定在姨媽的手裏拿着呢。我若不發這一張，真頂不下來。』薛姨媽道：『我手裏沒有你的牌。』鳳姐兒道：『我回來是查牌的。』薛姨媽道：『你祇管查。你且發下來，我瞧瞧是張什麽。』鳳姐便送在薛姨媽跟前，薛姨媽一看是個『二餅』，便笑道：『我倒不稀罕他，祇怕老太太滿了。』鳳姐兒聽了，忙笑道：『我發錯了。』賈母笑的擲下牌來，說：『你敢拿回去！誰叫你錯了？』鳳姐道：『可是我要算一算命呢。這是自己發的，可埋怨誰！』賈母笑道：『可是你自己該打着你那嘴，問着你〔三〕自己才是。』又向薛姨媽笑道：『我不是小器愛贏錢，原是個彩頭兒。』薛姨媽笑道：『可不是這樣，那裏有那樣糊塗人說老太太愛錢呢？』鳳姐正數着錢，聽了這話，又把錢穿上了，向衆人笑道：『夠了我的了。竟不為贏錢，單為彩頭兒。我到底小器，輸了就數錢，快收起來罷。』賈母規矩是鴛鴦代洗牌，因和薛姨媽說笑，不見鴛鴦動手，賈母道：『你怎麼惱了，連牌也不替我洗。』鴛鴦拿起牌來，笑道：『二奶奶不給錢麽。』賈母道：『他不給錢，那是交運了。』便命小丫頭：『把他那一吊錢都拿過來。』小丫頭子真就拿了，擱在賈母旁邊。鳳姐忙笑道：『賞我罷，我照數兒給就是了。』薛姨媽笑道：『果然鳳丫頭小器，不過是玩兒罷了。』鳳姐聽說，便站起來，拉薛姨媽，回頭指着賈母素日放錢的〔四〕一個木箱子，便笑道：『姨媽瞧瞧，那個裏頭不知玩了我多少去了。這一吊錢玩不了半個時辰，那裏頭的錢就招手兒叫他了。衹等把這一吊也叫〔五〕進去了，牌也不用鬥了，老祖宗的氣也平了，又有正經事情差我辦去了。』話未說完，引的賈母、衆人笑個不住。偏平兒怕錢不夠，又送了一吊來。鳳姐道：『不用放在我跟前，也放在老太太的那一處罷。一齊兒叫他進去倒省事，不用做兩次，叫箱子裏的錢費事。』賈母笑的手裏的牌撒了一桌子，推着鴛鴦，叫：『快撕他的嘴！』

平兒依言放下錢，也笑了一會，方回來。至院門前遇見賈璉，問他：『太太在那裏呢？老爺叫我請過去呢。』平兒忙笑道：『在老太太跟前呢，站了這半天還沒動呢。趁早兒丢開手罷。老太太生了半日氣，這會子虧二奶奶湊了半日趣兒，才略好些。』賈璉道：『我過去衹說討老太太的示下，十四往賴大家去不去，好預備轎子。又請了太太，又湊了趣兒，豈不好？』平兒笑道：『依我說，你竟不去罷。合家子連〔六〕太太、寶玉都有了不是，這會子你又填限去了。』賈璉道：『已經完了，難道還找補不成？況且與我又無幹。二則老爺又親自吩咐我請太太的，這會子我打發人去，倘或知道了，正沒好氣呢，指着這個拿我出氣罷。』說着就走。平兒見他說得有理，也便跟了過來。

賈璉到了堂屋裏，便把腳步放輕了，往裏間探頭，衹見邢夫人站在那裏〔七〕。鳳姐眼尖，先就瞧見了，便使眼色兒不命他進來，又使眼色與邢夫人。邢夫人不便就走，祇得倒了一杯茶來，放在賈母跟前。賈母一回身，賈璉不防，便沒躲伶俐。賈母便問：『外頭是誰？倒像小子一伸頭。』鳳姐忙起身說：『我也恍惚看見一個人影兒，等我瞧瞧去。』一面說，一面起身出來。賈璉忙進去，賠笑道：『打聽老太太十四出門不出？好預備轎子。』賈母道：『既這麼樣，怎麼不進來？又作鬼作神的。』賈璉賠笑道：『見老太太玩牌呢，不敢驚動，不過叫媳婦出去問問。』賈母就忙道：『這一時等他家去，你問多少問不得？那一遭兒你這麼小心來着！又不知是來做耳報神的，也不知是來做探子的，鬼鬼祟祟，倒唬了我一跳。什麼好下流種子！你媳婦和我玩牌呢，還有半日的空兒，你家去再和那趙二家的商量着治他去罷。』說着，衆人都笑了。鴛鴦笑道：『鮑二家的，老祖宗又拉上趙二家的。』賈母笑道：『可是，我那裏記得什麼抱着背着的，提起這些事來，不由我不生氣！我進了這門子做重孫子媳婦起，到如今我也有了重孫子媳婦了，連頭帶尾五十四年，憑他什麼大驚大險、千奇百怪的事，也經過了些，從無經過這些事。還不離了我這裏呢！』

賈璉一聲兒不敢言語，忙退了出來。平兒在窗外站着，悄悄笑道：『說着你不聽，到底碰在網裏了。』正說着，祇見邢夫人也出來了，賈璉道：『都是老爺鬧的，如今都搬在我和太太身上了。』邢夫人道：『我把你這沒孝心的雷打的下流種子！人家還替老子死呢，白說了幾句，你就抱怨了。你還不好好的呢，這幾日生氣，仔細他捶你。』賈璉道：『太太快過去罷，叫我來請了好半日了。』說着，送他母親出來過那邊去。

邢夫人將方才的話祇略說了幾句，賈赦無法，又含愧，自此要告病，且不敢見賈母，祇打發邢夫人及賈璉每日過去請安。祇得又各處遣人購求尋覓，終究費了八百兩銀子買了一個十七歲的女孩子來，名喚嫣紅，收在屋內，不在話下。

這裏鬥了半日牌，吃晚飯才罷。此一二日間無話。

轉眼到了十四日，黑早，賴大的媳婦又進來請。賈母高興，便帶了王夫人、薛姨媽及寶玉姊妹等，至賴大家花園中坐了半日。那花園雖不及大觀園，卻也十分齊整寬闊，泉石林木，樓閣亭軒，也有好幾處驚人駭目的。外面廳上，薛蟠、賈珍、賈璉、賈蓉并幾個近族的，很遠的也就沒來，賈赦也沒來。賴大家內也請了幾個現任的官長并幾個世家子弟作陪。因其中有柳湘蓮，薛蟠自上次會過一次，已念念不忘。又打聽他最喜串戲，且都串的是生旦風月戲文，不免錯會了意，誤認了他是風月子弟，正要與他相交，恨沒有個引進，這日可巧遇見，無可不可。且賈珍也慕他的名，酒蓋住了臉，就求他串兩出戲。下來，移席和他坐在一處，問長問短，說此說彼。

那柳湘蓮原是世家子弟，讀書不成，父母早喪，素性爽俠，不拘細事，酷好耍槍舞劍，賭博吃酒，以至眠花卧柳，吹笛彈箏，無所不為。因他年紀又輕，生得又美，不知他身份的人，都誤認作優伶一類。那賴大之子賴尚榮與他素習交好，故今日請來作陪。不想酒後別人猶可，獨薛蟠又犯了舊病。他心中早已不快，得便意欲要走開完事，無奈賴尚榮死也不放。賴尚榮又說：『方才寶二爺又吩咐我，才一進門雖然見了，祇是人多不好說話，叫我囑咐你散的時候別走，他還有話說呢。你既一定要去，等我叫他出來，你兩個見了再走，與我無幹。』說着，便命小廝們到裏頭找一個老婆子，悄悄告訴『請出寶二爺來』。那小廝去了沒一盞茶時，見寶玉出來了。賴尚榮向寶玉笑道：『好叔叔，把他交給你罷，我張羅人去了。』說着，一徑去了。

寶玉便拉了柳湘蓮到廳側小書房中坐下，問他這幾日可到秦鐘的墳上去了沒有。庚：忽提此人，使我墮淚。近幾回不見提此人，自謂不表矣，乃忽于此處將（原無）柳湘蓮提及，所謂『方以類聚，物以群分』也。柳湘蓮道：『怎麼不去？前日我們幾個人放鷹，離他墳上不遠。我想今年夏天的雨水勤，恐怕他的墳站不住。我背着衆人，走到那裏去瞧了瞧，果然又動了一點子。回家來就便弄了幾百錢，第三日出去，雇了兩個人收拾好了。』寶玉道：『怪道上月我們大觀園池子裏結了蓮蓬，我摘了十個，叫茗烟出去到他墳上供去，回來我也問他可被雨衝壞了沒有。他說不但沒衝，且比上回又新了些。我想着，不過是這幾個朋友新築了。我衹恨我天天圈在家裏，一點兒作不得主，行動有人知道，不是這個攔，就是那個勸的，能說不能行。雖然有錢，又不能由我使。』湘蓮道：『這個事也用不着你操心，外頭有我呢，你衹心裏有了就是了。眼前十月初一，我已經打點下上墳的花銷了。你知道我一貧如洗，家裏是沒有積聚的，縱有幾個錢來，隨手就光的，不如趁空兒留下這一分，省得到了跟前扎煞手。』寶玉道：『我也正為這個要打發茗烟找你去，你又不大在家，知道你天天萍踪浪迹，沒個一定去處。』湘蓮道：『你也不用找我，這個事也不過各盡其道。眼前我還要出門去走走，外頭逛個三年五載再回來。』寶玉聽了，忙問：『這是為何？』柳湘蓮冷笑道：『你不知道我的心事，等到跟前你自然知道。我如今要別過了。』寶玉道：『好容易會着，晚上同散豈不好？』湘蓮道：『你那令姨表兄還是那樣，再坐着未免有事，不如我回避了倒好。』寶玉想了一想說道：『既是這樣，倒是回避他為是。衹是你要遠行，必須先告訴我一聲，千萬別悄悄的走了。』說着便滴下泪來。柳湘蓮道：『自然要辭的。你衹別和人說就是了。』說着便站起來要走，又道：『你就進去罷，不必送我。』一面說，一面出了書房。

剛至大門前，早遇見薛蟠在那裏亂嚷亂叫：『誰放走了小柳兒！』靖眉：奇談，此亦是阿（原無）呆。柳湘蓮聽了，火星亂迸，恨不得一拳打死，復思酒後揮拳，又礙着賴尚榮的臉面，祇得忍了又忍。薛蟠忽見他走出來，如得了珍寶一般，忙趔趄走上來，一把拉住，笑道：『我的兄弟，你往那裏去？』湘蓮道：『走走就來。』薛蟠笑道：『好兄弟，你一去都沒興了，好歹坐一坐，你就是疼我了。靖眉：呆子聲口如聞。憑你有什麼要緊的事，交給哥，你祇別忙，有你這個哥，你要做官、要發財都容易。』湘蓮見他如此不堪，心中又恨又愧，忽心生一計，便拉他到別處，笑道：『你真心和我好，假心和我好呢？』薛蟠聽他如此說，喜得心癢難搔，乜斜着眼忙笑道：『好兄弟，你怎麼問起我這話來？我要是假心，立刻死在眼前！』湘蓮道：『既如此，這裏不便。等坐一坐，我先走，你隨後出來，跟我到下處，咱們提另喝一夜酒。我那裏還有兩個絕色的孩子，從沒出門的。你可連一個跟的人也不用帶了去，那裏有人伏侍。』薛蟠聽如此說，喜得酒醒了一半，說：『果然如此？』湘蓮笑道：『如何！人拿真心待你，你倒不信了！』薛蟠忙笑道：『我又不是呆子，怎麼有個不信的呢！既如此，我又不認得，你先去了，我在那裏找你呢？』湘蓮道：『我這下處在北門外頭，你可捨得家，城外住一夜去？』薛蟠笑道：『有了你，我還要家做什麼！』湘蓮道：『既如此，我在北門外橋頭上等你。咱們席上且吃酒去。

你看我走了之後你再走，他們就不留心了。』薛蟠聽了，連忙答應。于是二人復又入席，飲了一會。那薛蟠難熬，祇拿眼看湘蓮，心内越想越樂，左一壺又一壺，并不用人讓，自己便吃了又吃，不覺酒已八九分了。

湘蓮便起身出來，瞅人不防，去了。至門外，命小廝杏奴：『先家去罷，我到城外就來。』説畢，直上馬出城，橋上等候薛蟠。沒頓飯時的工夫，祇見薛蟠騎着一匹大馬，遠遠的走來，張着口，瞪着眼，頭撥浪鼓一般不住左右亂瞧。及至從湘蓮馬前過去，祇顧望遠處瞧，不曾留心近處，反踩過去了。湘蓮又是笑，又是恨，便也撒馬隨後跟來。薛蟠往前看時，漸漸人烟稀少，便又圈馬回來再找，不想一回頭見了湘蓮，如獲奇珍，忙笑道：『我説你是個再不失信的。』湘蓮笑道：『快〔八〕往前走，仔細人看見跟了來，就不好了。』説着，先就撒馬前去，薛蟠也緊緊的跟隨。

湘蓮見前面人迹已稀，且有一帶葦塘，便下馬，將馬拴在樹上，向薛蟠笑道：『你下來咱們先設個誓，日後要變心，告訴人去的，就應誓了。』薛蟠笑道：『這話有理。』連忙下了馬，也拴在樹上，便跪下説道：『我要日久變了心，告訴人去的，天誅地滅！』一語未完，祇聽『嘡』的一聲，頸後好似鐵錘砸〔九〕下來一般，祇覺得一陣黑，滿眼金星亂迸，身不由己，便倒下了。湘蓮走上來瞧瞧，知他是個笨家子，不慣捱打，祇使了三分氣力，向他臉上拍了幾下，登時便開了果子鋪。薛蟠先還要掙挫起來，又被湘蓮用腳尖點了兩點，仍舊跌倒，口內說道：『原是兩家情願，你不依，祇好說，為什麼哄出我來打我？』一面說，一面亂罵。湘蓮道：『我把你瞎了眼的，你認認大爺是誰！你并不哀求，你還傷我！我打死你也無益，祇給你個利害罷。』說着，便取了馬鞭子過來，從背至脛，打了三四十下。薛蟠酒已醒了大半，覺得疼痛難禁，不禁有『哎喲』之聲。湘蓮冷笑道：『也祇如此！我祇當你是〔十〕不怕打的。』一面說，一面又把薛蟠的左腿拉起來，朝葦中濘泥處拉了幾步，滾的滿身泥水，又問道：『你可認得我了？』薛蟠不應，祇伏着哼哼。湘蓮又擲下鞭子，用拳頭向他身上擂了幾下。薛蟠便亂滾亂叫，說：『肋條折了。我知道你是正經人，因為我錯聽了旁人的話了。』湘蓮道：『不用拉旁人，你祇說現在的。』薛蟠道：『現在也沒有說的。不過你是個正經人，我錯了。』湘蓮道：『還要說軟些，饒你。』薛蟠哼哼着道：『好兄弟。』湘蓮便又一拳。薛蟠『哎喲』一聲道：『好哥哥。』湘蓮又連兩拳，薛蟠忙『哎喲』叫道：『好老爺，饒了我這沒眼睛的瞎子罷！從今以後我敬你、怕你了。』湘蓮道：『你把這水喝兩口。』薛蟠一面聽了〔十一〕，一面皺眉道：『這水髒得很，怎麼喝得下去！』湘蓮舉拳就打，薛蟠忙道：『我喝，我喝。』說着，祇得俯頭向葦根下喝了一口，猶未咽下去，祇聽『咕』的一聲，把方才吃的東西都吐了出來。湘蓮道：『好臟東西，你快吃幹淨了饒你。』薛蟠聽了，叩頭不迭說：『好歹積點陰功饒我罷！這個至死不能吃的。』湘蓮道：『這樣氣息，倒熏壞了我。』說着丟下薛蟠，便牽馬認鐙騎上去了〔十二〕。這裏薛蟠見他已去，放下心來，後悔自己不該誤認了人。待要掙起來，無奈遍體疼痛難禁。靖眉：紈袴子弟，齊來看此。

誰知賈珍等在席上忽不見了他兩個，便各處尋找不見。有人說：『恍惚出北門去了。』薛蟠的小廝們素日是懼怕他的，他吩咐了不許跟去，誰還敢找去？庚：亦如秦法自誤。後來還是賈珍不放心，命賈蓉帶着小廝們尋蹤問迹，直找出北門，下橋二裏多路，忽見一帶葦坑旁邊薛蟠的馬拴在樹上。衆人都道：『可好了！有馬必有人。』一齊來至馬前，祇聽葦中有人呻吟。大家忙走來一看，祇見薛蟠衣衫零碎，面目腫破，沒頭沒臉，遍身內外，滾的似泥母豬一般。賈蓉心內已猜着了九分，忙下馬命人攙了出來，笑道：『薛大叔天天調情，今兒調到葦子坑裏來了。必是龍王爺也愛上你風流，想要你招駙馬去，你就碰在龍犄角上了。』薛蟠羞的恨沒地縫兒鑽進去，那裏爬的上馬去？賈蓉祇得命人到關廂裏雇了一乘小轎來，薛蟠坐了，一齊進城。賈蓉還要抬往賴家赴席去，薛蟠百般央告，又命他不要告訴人，賈蓉方依允了，讓他各自回家去了。賈蓉仍往賴家來回復賈珍，并說方才形景。賈珍也知被湘蓮所打，笑道：『他也須得吃了虧才好。』至晚散了，便來問候。薛蟠自在臥室將養，推病不見人。

且說賈母等回來，各自回房時，薛姨媽與寶釵見香菱哭得眼睛腫了。問其原故，忙趕來瞧瞧薛蟠時，見臉上、身上雖有瘡痕，并未傷筋動骨。薛姨媽又是心疼，又是發恨，罵一會薛蟠，又罵一會柳湘蓮，意欲告訴王夫人，遣人尋拿湘蓮。寶釵忙勸道：『這不是什麼大事，不過他們一處吃酒，醉後反臉，亦是常事。誰醉了，多挨幾下子打，也是有的。況且咱們家的無法無天，人所共知。媽不過是心疼的原故，要出氣也容易，等三五天哥哥養好了出的去時，那邊珍大哥、璉二哥這幹人，也未必白丟開了手，自然備個東道，叫了那個人來，當着衆人替哥哥賠不是、認罪就是了。如今媽先當件大事告訴衆人，倒顯得媽偏心溺愛，縱容他生事招人，今兒偶然吃了一次虧，媽就這樣興師動衆，倚着親戚之勢欺壓常人。』薛姨媽聽了道：『我的兒，到底是你想的到，我一時氣糊塗了。』寶釵笑道：『這才好呢。他又不怕媽，又不聽人勸，一天縱似一天，吃過二三個虧，他倒罷了。』

薛蟠在炕上，痛罵柳湘蓮，又命小廝們去拆他的房子，打死他，和他打官司。薛姨媽禁住小廝們，祇說柳湘蓮一時酒後放肆，如今酒醒，後悔不及，害怕逃走了。薛蟠見如此說了，氣方漸平。且聽下回分解。

總評

自門牌一節，寫貴家長上之尊重，卑幼之侍奉。遭打一節，寫薛蟠之呆，湘蓮之豪，薛母、寶釵之言，無不逼真。

校記

〔一〕此處的『弄』字，原文爲『弄個』，據庚辰本改。
〔二〕原文無『們』字，據蒙府本補。
〔三〕原文無『你』字，據庚辰本補。
〔四〕原文無『的』字，據庚辰本補。
〔五〕原文無『叫』字，據蒙府本補。
〔六〕原文無『連』字，據蒙府本補。
〔七〕此處的『在那裏』三字，原文爲『着』，據庚辰本改。

〔八〕此處的『快』字，原文爲『忙』，據庚辰本改。

〔九〕此處的『砸』字，原文爲『軋』，據蒙府本改。

〔十〕原文無『是』字，據蒙府本補。

〔十一〕原文無『一面聽了』數字，據庚辰本補。

〔十二〕此處的『牽馬認蹬騎上去了』數字，原文爲『牽馬認蹬上騎去了』，據蒙府本改。

第四十八回　濫情人情誤思游藝　慕雅女雅集苦吟詩

【回前】心地聰明性自靈，喜同雅品講詩經，嬌柔倍覺可憐形。皓齒朱唇真裊裊，痴情專意更娉娉，宜人解語小星星。

庚：題曰『柳湘蓮走他鄉』，必謂寫湘蓮如何走，今却不寫，反細寫阿呆兄之游藝心（原作了）了（原作心）却，湘蓮之分内走者，而不細寫其走，反寫阿呆不應走而寫其走。文牽岐（原作歧）路，令人不識者如此。

至『情小妹』回中（原作申），方寫湘蓮文字，真神化之筆。

話説薛蟠聽見柳湘蓮逃走，氣方漸平。三五日後，疼痛雖愈，傷痕未平，祇裝病，愧見親友。

轉眼已到十月，因有各鋪面伙計内有算年帳要回家的，少不得家内治酒餞行。内有一個張德輝，年過六十，自幼在薛家當鋪內攬總，家內也有三二千金的過活，今歲也要回家，明春方來。因說起：『今年紙扎、香料短少，明年必是貴的。明年先打發大小兒來當鋪內照管照管，趕端陽節前我順路販些紙札、香扇來賣。除去關稅花銷，亦可以剩得幾倍利息。』薛蟠聽了，心下忖度：『如今我捱了打，正難見人，想着要躲個一年半載，又沒處去躲。天天裝病，也不是事。況且我長了這麼大，文不文，武不武，雖說做買賣，究竟戥子、算盤從沒拿過，地土風俗、遠近道路又不知道，不如也打點幾個本錢，和張德輝逛一年來。賺錢也罷，不賺錢也罷，且躲躲羞去。二則逛逛山水也是好的。』心內主意已定，至酒席散後，便和張德輝說知，命他等一二日一同前往。

晚間薛蟠告訴了他母親。薛姨媽聽了雖是歡喜，但又恐他在外生事，花了本錢倒是末事，因此不命他去。衹說：『好歹你守着我，我還放心些。況且用不着你做買賣，也不等這幾百銀子來用。你在家裏安分守己的，就強似這幾百銀子了。』薛蟠主意已定，那裏肯依。衹說：『天天又說我不知世(二)事，這個也不知，那個也不學。如今我發狠，把那些沒要緊的都斷了，如今要成人主事，學習着做買賣，又不準我了，叫我怎麼樣呢？我又不是個丫頭，把我關在家裏，何日是個了？況且那張德輝又是個年高有德的，咱們和他是世交，我同他去，怎麼得有舛錯？我就一時半刻有不好的去處，自然他說我，勸我。就是東西貴賤行情，他是知道的，自然色色問他，何等順利，倒不叫我去！過兩日我不告訴家裏，我自己打點了一走，明年發了財回來，那時才知道我呢。』説畢，賭氣睡覺去了。

薛姨媽聽他如此說，因和寶釵商議。寶釵笑道：『哥哥果然要經歷正事，正是好的了。衹是他在家裏說的好聽，到了外頭舊病復犯，越發難拘束他。但也愁不得許多。他若是真改了，是他一生的福。若不改，媽也不能又有別的法子：一半盡人力，一半聽天命罷了。這麼人人了，若衹管怕他不知世路，出不得門，幹不得事，今年關在家裏，明年還是這個樣兒。他既說的名正言順，媽就打發他去試一試，衹打量丢了八百、一千銀子，橫豎有伙計們幫着呢，也未必好意思哄騙他的。二則他出去了，左右沒了助興的人，又沒了倚仗的人，到了外頭，誰還怕誰，有了的吃，沒了的餓着，舉眼無靠，他見了這樣，衹怕比在家裏省了事也未可知。』薛姨媽聽了，思忖半晌說道：『倒是你說的是。花兩個錢，叫他學些乖

庚：作書者曾吃此虧，批書者亦曾吃此虧，故特于此注明，使後人深思默戒。脂硯齋。

來也值了。』商議已定，一宿無話。

至次日，薛姨媽命人請了張德輝來，在書房中命薛蟠款待酒飯，自己在後廊下，隔着窗子，向裏千言萬

語囑托張德輝照管薛蟠。張德輝滿口應承，吃過飯告辭，又回說：『十四日是上好出門的日子，大世兄打點行李，雇下騾子，十四一早就長行了。』薛蟠喜之不盡，將此話告訴了薛姨媽。薛姨媽便和寶釵、香菱并兩個老年的嬷嬷連日打點行裝，派下薛蟠之乳父老蒼頭一名，當年諳事舊奴〔二〕二名，外有薛蟠隨身常使小廝二人，主僕一共六人，雇了三輛大車，單拉行李使物，又雇了四個長行騾子。薛蟠自騎一匹家內養的大青走騾，外備一匹坐馬。諸事完備，薛姨媽、寶釵等連日勸戒之言，自〔三〕不必細說。

至十三日，薛蟠先去辭了他母舅，然後過來辭了賈宅諸人。賈珍未免又有餞行之說，也不必細述。至十四日一早，薛姨媽、寶釵等直送薛蟠出了儀門，母女兩個四祇泪眼看他去了，方回來。

薛姨媽上京帶來的〔四〕家人不過四五房，并兩三個老嬷嬷、小丫頭，今跟了薛蟠一去，外面祇剩下一個男人。因此薛姨媽即到書房中，將一應陳設玩器并簾幔等物盡行搬了進來收貯，命那兩個跟去的男子之妻一并也進來睡覺。又命香菱將他屋裏也收拾嚴緊，『將門鎖了，晚間和我去睡。』寶釵道：『媽既有這些人作伴，不如叫香菱姐姐和我作伴兒去。我們園子裏又空，夜長了，我每夜做活，越多一個人豈不越好？』薛姨媽笑道：『正是忘了，原該叫他同你去才是。我前日還向你哥哥說，文杏又小，倒三不着兩的，鶯兒一個人不夠伏侍的，還要買一個丫頭來你使。』寶釵道：『買的不知底裏，倘或走了眼，花了錢事小，沒的淘氣。倒是慢慢的打聽着，有知道來歷的，買個還罷了。』庚：閑言過耳無迹，然已伏下一事矣。一面說，一面命香菱收拾了衾褥妝奩，命一個老嬤嬤并臻兒送至蘅蕪院去，然後寶釵和香菱才同回園中來。庚：細想香菱之爲人也，根基不讓迎、探，容貌不讓鳳、秦，端雅不讓紈、釵，風流不讓湘、黛，賢惠不讓襲、平，所惜者幼年罹禍，命運乖蹇，致（原作足）爲側室，且雖曾讀書，不能與林、湘輩并馳于海棠之社耳。然此一人豈可不入園哉？故欲令入園，終無可入之隙，籌畫再四，欲令入園必呆兄遠行後方可。然阿呆兄又如何方可遠行？曰：名不可，利不可，正事不可，必得萬人想不到自己忽一發機之事方可。因此思及『情』之一字，乃（原作及）呆兄（原無）素所誤者，故借『情誤』二字生出一事，使阿呆游藝之志已堅，則菱卿入園之隙方妥。回思因欲香菱入園，是寫阿呆情誤；因欲阿呆情誤，先寫一賴尚榮（原作華）實委婉嚴密之甚也。□□脂硯齋評。

香菱笑向寶釵道：『我原要和奶奶說的，大爺去了，我和姑娘作伴兒去。我又恐怕奶奶多心，說我貪着園內玩；誰知你竟說了。』寶釵笑道：『我知道你心裏羨慕這園子不是一日兩日的了。衹是沒個空兒，就每日來一趟，慌慌張張的，也沒趣兒。所以趁着這機會，率性住上一年，我也多個作伴的，你也遂了心。』香菱笑道：『好姑娘，趁着這個工夫，你教給我作詩罷。』庚：寫得何其有趣！今忽見菱卿此句，合卷從紙上另走出一姣小美人來，并不是湘、林、探、鳳等一樣口氣聲色。真神駿之技，雖馳驅萬裏而不見有倦怠之色。寶釵笑道：『我說你「得隴望蜀」呢。我勸你今兒頭一天進來，先出園東角門，從老太太起，各處各人你都瞧瞧，問候一聲兒，也不必特意告訴他們說搬進園來。若有提起因由的，你祇帶口說我帶了你進來作伴兒就完了。回來進了園子，再到各姑娘房裏走走。』

香菱答應着才要走時，祇見平兒忙忙走來。庚：『忙忙』二字奇，不知有何妙文。香菱忙問了好，平兒祇得勉強賠笑相問。庚眉：『祇得賠笑相問』，內有無限驚慌。作者摹似神情，無不周密。寶釵因向平兒笑道：『我今兒把他帶了來作伴兒，正要打發人去回你奶奶一聲兒。』平兒笑道：『姑娘說的是那裏話？我竟沒話答應了。』寶釵道：『這才是正理。店房也有個主人，廟裏也有個住持。雖不是大事，到底告訴一聲，便是園子裏坐更上夜的人知道添了他兩個，也好關門候戶的。你回去就告訴一聲罷，我不打發人說去了。』平兒答應着，因又向香菱笑道：『你既來了，也不拜一拜街坊鄰舍去？』庚：是極，恰是戲言，實欲支出香菱去也。寶釵笑道：『我正要叫他去呢。』平兒道：『你且不必往我們家去，二爺病了在家裏呢。』香菱答應着去了，先從賈母處來，不在話下。

且說平兒見香菱去了，便拉寶釵悄說道：『姑娘可聽見我們家的新聞了？』寶釵道：『我沒聽見新聞。因連日打發我哥哥出門，所以你們這裏的事，一概也不知道，連姊妹們這兩日也沒見。』平兒笑道：『老爺把二爺打了個動不得，難道姑娘就沒聽見？』寶釵道：『早起恍惚聽見一句，也信不真。我也正要瞧你奶奶去呢，不想你來了。又是為了什麼打他？』平兒咬牙罵道：『都是那賈雨村！什麼半路途中，那裏來的餓不死的野雜種！認了不到十年，生了多少事出來！今年春天，老爺不知在那個地方，看見了幾把舊扇子，回家來看家裏所有收着的些好扇子都不中用了，立刻叫人各處搜求。誰知就有一個不知死的冤家，混號兒世人叫他作「石呆子」，窮的連飯也沒的吃，偏他家就有二十把舊扇子，死也不肯拿出大門來。二爺好容易煩了多少情，見了這個人，說之再三，他把二爺請到他家裏坐着，拿出這扇子略瞧了一瞧。據二爺說，原是不能再有的了，全是湘妃、棕竹、麋鹿、玉竹的，皆是古人寫畫的真迹，回來告訴老爺。老爺〔五〕便叫買他的，要多少銀子給他多少銀子。偏那石呆子說：「我餓死凍死，一千兩銀子一把我也不賣！」老爺沒法，天天罵二爺。已經許他五百兩了，先兑銀子後拿扇子。他祇是不賣，祇說：「要扇子，先要我的命！」姑娘想想，這有什麼法子？誰知雨村那沒天理的聽見了，便設了個法子，訛他拖欠官銀子，拿他到衙門裏去，說所欠官銀，變賣家產賠補，把這扇子抄了來，作了官價送了來。那石呆子如今不知是死是活。老爺拿着扇子問着二爺說：「人家怎麼弄來了？」二爺祇說了一句：「為這點子小事，弄得人坑家敗業，也不算什麼能為！」老爺聽了就生了氣，說二爺拿話堵老爺了，因此這是第一件大的。還有幾件小的，我也記不清，所以都湊在一處，就打起來了。也沒拉倒用板子、棍子，就站着，不知拿什麼混打了一頓，臉上打破了兩處。我們聽見姨太太那裏有種丸藥，上棒瘡的，姑娘快尋一丸子給我，家去給他上。』寶釵聽了，忙命鶯兒去要了一丸子來與平兒。寶釵道：『既這樣，替我問候罷，我就不去了。』平兒答應着去了，不在話下。

且說香菱見過衆人之後，吃過晚飯，寶釵等都往賈母處去了，自己便往瀟湘館中來。此時黛玉已好了大半，見香菱也進園來住，自是歡喜。香菱因笑道：『我這一進來了，也得了空兒，好歹教給我作詩，就是我的造化了！』黛玉笑道：『既要學作詩，你就拜我為師。我雖不通，大略還教得起你。』香菱笑道：『果然這樣，我就拜你作師。你可不許膩煩。』黛玉道：『什麼難事，也值得去學！不過是起承轉合，當中承、轉，是兩副對子，平聲的對仄聲，虛的對實的，實的對虛的，若是果有了奇句，平仄虛實不對都使得的。』香菱笑道：『怪道我常弄一本舊詩偷空兒看一兩首，又有對的極工的，又有不對的，又聽見說「一三五不論，二四六分明」。看古人的詩上，竟有二四六上錯了的，所以天天的疑惑。如今聽你一說，原來這些格調規矩竟是末事，衹要詞句新奇為上。』黛玉道：『正是這個道理。詞句究竟還是末事，第一是立意要緊。若意趣真了，連詞句不用修飾，自是好的，這叫作「不以詞害意」。』

香菱笑道：『我衹愛陸放翁的詩，有一對：

重簾不卷留香久　古硯微凹聚墨多

說的真切有趣！』黛玉道：『斷不可看這樣的詩。你們因不知詩，所以見了這淺近的就念，一入了這個格局，是再學不出來的。你衹聽我說，你若真心要學，我這裏有王摩詰的全集，你且把他的五言律讀一百首，細心揣摩透熟了，然後再讀一二百首老杜的七言律，再李青蓮的七言絕句讀一二百首。肚子裏先有了這三個人的詩作了底子，再把陶淵明、應瑒、謝、阮、庾、鮑等人的詩一看。你又是這樣一個極聰明伶俐的人，不用一年的工夫，不愁是個詩翁了！』香菱聽了，笑道：『既這樣，好姑娘，你就把這詩給我拿出來，我帶回去夜裏念幾首也是好的。』黛玉聽說，便命紫鵑將王右丞的五言律拿來，遞與香菱，又道：『你衹看有紅圈兒的，都是我選的，有一首念一首。不明白的問你姑娘，或者遇見我，我講與你就是了。』香菱拿了詩，回至蘅蕪院中，諸事不顧，衹向燈下一首一首的讀起來。寶釵連催他數次睡覺，他也不睡。寶釵見他這樣苦心，衹得隨他去了。

一日，黛玉方梳洗完了，衹見香菱笑吟吟的送了詩來，又要換杜律。黛玉笑道：『共記得多少首？』香菱笑道：『凡紅圈選的我都讀了。』黛玉道：『可領略了些滋味沒有？』香菱笑道：『我倒領略了些滋味，不知可是不是，說與你聽聽。』黛玉笑道：『正要講究討論，方能長進。你且說來我聽。』香菱笑道：『據我看來，詩的好處，有口裏說不出來的意思，想去卻是逼真的。有似無理的，想去竟是有情有理的。』黛玉笑道：『這話有些意思了，但不知你從何處見得？』香菱笑道：『見《塞上》一首内一聯雲：

大漠孤烟直　長河落日圓

想來烟如何直？日自然是圓的：這「直」字似無理，「圓」字似太俗。合上書一想，倒像是見了這景的。若說再找兩個字換這兩個字，竟找不出來。再還有：

日落江湖白　潮來天地青

這「白」、「青」兩字也似無理。想來，必得這兩字方才形容得盡，念在嘴裏倒像有幾千斤重的一個橄欖。還有：

渡頭餘落日　墟裏上孤烟

這「餘」字和「上」字，難為他怎麼想來！我們那年上京來，那日下晚灣住船，岸上沒有人，有幾棵樹，遠遠幾家人家做晚飯，那個烟竟是碧青，連雲直上。誰知我昨日晚上看了這兩句，倒像又到了那個地方去了。』

正說着，寶玉和探春也來了，也都入坐聽他講詩。寶玉笑道：『既是這樣，也不用看詩。會心處不用多，聽你說了這兩句，可知「三昧」你已得了。』黛玉笑道：『你說他這「上孤烟」好，你還不知他這一句還是套了前人的來呢。我給你這一句瞧瞧，更比那個淡而現成。』說着便把把陶淵明的『曖曖遠人村，依依墟裏烟』翻了出來，遞與香菱。香菱瞧了，點頭嘆賞，笑道：『原來「上」字是「依依」兩字化出來的。』寶玉大笑道：『你已得了，不用再講，越發倒學雜了。你就作起來，必是好的。』探春笑道：『明兒我補一個東道來，請你入社。』香菱笑道：『姑娘何苦打趣我們，我不過羨慕，才學着玩罷了。』探春、黛玉都笑道：『誰不是玩？難道我們是真作詩呢！若說我們認真成了詩，出了這園子，把人的牙還笑倒了呢。』寶玉道：『這也算自暴自弃了。前日我在外頭和相公們商議畫兒，他們聽見咱們起詩社，求我把稿子給他們瞧瞧。我就寫了幾首給他們看，誰不真心嘆服。他們都抄了刻去了。』探春、黛玉忙問道：『這是真話麼？』寶玉笑道：『說謊的是那架上的鸚哥兒。』黛玉、探春聽說，都道：『你真真胡鬧！且別說那不成詩，便是成詩，我們的筆墨也不該傳出去。』寶玉道：『這怕什麼！古來閨閣中的筆墨不要傳出去，如今怎有人知道呢？』說着，祗見惜春打發了入畫來請寶玉，寶玉方去了。香菱又逼着換出杜詩來，又央告黛玉、探春二人：『出個題目，等我謅去，謅了來，替我改正。』黛玉道：『昨夜月景甚好，我正要謅一首，竟未謅成，你就作他一首來。十四寒的韵，由你愛用那幾個字去。』

香菱聽了，喜的拿了詩回來，又苦思一會，作兩句詩，又捨不得杜律，又讀兩首。如此茶飯無心，坐卧不定。寶釵道：『何苦自尋煩惱。都是顰兒引的你，我和他算帳去。你本來呆頭呆腦的，再添上這個，越發弄成個呆子了。』庚：『呆頭呆腦的』，有趣之至！最恨野史有一百個女子，皆曰：聰敏伶俐，究竟看來他行爲也祇平平。今以『呆』字爲香菱定評，何等嫵媚之至也！香菱笑道：『好姑娘，別混我。』庚：如聞如見。一面說，一面作了一首，先與寶釵看。寶釵看了笑道：『這個作法，你別怕臊，祇管拿了給他瞧去，看他是怎麽說。』香菱聽了，便拿了詩找黛玉來。黛玉看時，祇見寫道是：

月挂中天夜色寒，清光皎皎影團團。
詩人助興常思玩，野客添愁不忍觀。
翡翠樓邊懸玉鏡，珍珠簾外挂冰盤。
良宵何用燒銀燭，晴彩輝煌映畫欄。

黛玉看了，笑道：『意思卻有，衹是措詞不雅。皆因你看的詩少，被他縛住了。把這首丢開，再作一首，衹管放開膽子去作。』

香菱聽了，默默的回來，率性連房也不入，衹在池邊樹下，或坐在石上出神。或蹲在地下摳土，來往的人都詫异。李紈、探春、寶釵、寶玉等聽得此信，都遠遠的站在山坡上瞧着他笑。衹見他皺一會眉，又自己含笑一會。寶釵笑道：『這個人定要瘋了！昨夜嘟嘟噥噥直鬧到五更天才睡下，沒一頓飯的工夫天就亮了。我就聽見他起來了，忙忙碌碌梳了頭就找顰兒去了。一回來，呆了半日，作了一首又不好，自然這會子另作呢。』寶玉笑道：『這正是「地靈人杰」，老天生人再不虛賦性情的。我們成日嘆說：可惜他這麼個人竟俗了！誰知到底有今日！可見天地生人至公。』寶釵聽了笑道：『你能夠像他這樣苦心就好了，學什麼不成的。』寶玉不答。

衹見香菱興頭頭的又往黛玉那邊去了。探春笑道：『咱們跟了去，看他有些意思沒有。』說着，一齊都往瀟湘館來。衹見黛玉正拿着詩和他講究呢。衆人因問黛玉作的如何，黛玉道：『這也算難為他了，衹是還不好。這一首過于穿鑿了，還得另作。』衆人因要詩看時，祇見寫道是：

非銀非水映窗寒，試看晴空護玉盤。
淡淡梅花香欲染，絲絲柳帶露初幹。
祇疑殘粉塗金砌，恍若輕霜抹玉欄。
夢醒西樓人迹絶，餘容猶可隔簾看。

寶玉看了笑道：『不像吟月了，月字底下添一個「色」字倒還使得，你看句句倒〔六〕是月色。這也罷了，原是詩從胡說上起，再遲幾天就好了。』香菱自為這首妙絕，聽如此說，自己又掃了興，不肯丢開手，便又思索起來。因見他姊妹們說笑，便自己走至階前竹下閑步，摳心搜腸，耳不旁聽，目不他視。一時探春隔窗笑說：『菱姑娘！你閑閑罷。』香菱怔怔的答應道：『「閑」字是十五刪的，錯了韵了。』衆人聽了，不覺大笑起來。寶釵道：『可真是詩魔了。都是顰兒引的他！』黛玉笑道：『聖人說，「誨人不倦」，他又來問我，我豈有不說的理。』李紈笑道：『咱們拉他往四妹妹房裏去，引他瞧瞧畫兒，叫他也醒一醒才好。』

說着，真個出來拉他過藕香榭，至暖香塢中。惜春正乏倦，在床上歪着睡午覺，畫繒〔七〕立在壁間，用紗罩着。衆人喚醒了惜春，揭紗看時，十停方有了三停。香菱見畫兒上有幾個美人，因指着笑道：『這個是我們姑娘，那個是林姑娘。』探春笑道：『既會作詩的都畫在上頭，你快學罷。』說着，玩笑了一會。

各自散後，香菱滿心還是思想。至晚間對燈出了一會神，至三更後上床卧下，兩眼鰥鰥，直到五更方才朦朧睡去。一時天亮，寶釵醒了，聽了一聽，他安穩睡了，心下想：『他翻騰了一夜，不知可作成了沒有？這會子乏了，且別叫他。』正想着，衹聽香菱從夢中笑道：『可是有了，難道這一首還不好？』寶釵聽了，又是可嘆，又是可笑，連忙喚醒了他，問他：『得了什麼了？你這誠心都通了仙了。學不成詩，還弄出病來呢！』一面說，一面起來梳洗了，會同姊妹們往賈母處來。原來〔八〕香菱苦志學詩，精神誠聚，日間不能作出，忽于夢中得了八句。梳洗已畢，便忙錄出來。自己并不知好歹，便拿了又找黛玉來。剛至沁芳亭，衹見李紈與衆姊妹方從王夫人處回來，寶釵正告訴他們，說他夢中作詩說夢話。庚：一部大書起是夢，寶玉情是夢，賈瑞淫是夢，秦氏（原作之）家計長策又是夢，今作詩也是夢，一柄（原作并）風月鑒（原作鑑）亦從夢中所有，故曰（原無）『紅樓（原作縷）夢』也。余今批評亦在夢中，特爲夢中之人特作此一大夢也。脂硯齋。衆人正笑着，抬頭見他來了，便都爭着要詩看。未知如何，且聽下回分解。

總評

一扇之微，而害人如此其毒，藏之者固是無味，購求者更覺可笑，多少没天理處，全不自覺。可見好愛之端，斷不可生。求古董于古墳，爭盆景而蕩産，勢所必至，可不慎諸。

校記

〔一〕原文無『世』字，據庚辰本補。

〔二〕此處的『舊奴』二字，庚辰本爲『舊僕』。

〔三〕此處的『自』字，原文爲『是』，據蒙府本改。

〔四〕原文無『的』字，據庚辰本補。

〔五〕原文無『老爺』二字，據庚辰本補。

〔六〕原文無『倒』字，據蒙府本補。

〔七〕此處的『畫繒』字，原文爲『畫繪』，據庚辰本改。

〔八〕原文無『原來』二字，據庚辰本補。

第四十九回

白雪紅梅園林集景　割腥啖膻閨閣野趣

【回前】此回原爲起社，而起社却在下回。然起社之地，起社之人，起社之景，起社之題，起社之酒肴，色色皆備，真令人躍然起舞。

庚：此回系大观园集十二正钗之文。

話說香菱見衆人正在說笑，他便迎上去笑道：『你們看這首，若使得，我便還學；若還不好，我就死了心了。』蒙側：說『死了心』不學，方是才人。『語不驚人死不休（原作體）』本懷。說着，把詩遞與黛玉及衆人看時，衹見寫道是：

精華欲掩料應難，影自娟娟魄自寒。

一片砧敲千裏白，半輪鷄唱五更殘。
綠蓑江上秋聞笛，紅袖樓頭夜倚欄。
博得嫦娥應借問，何緣不使永團圓！

衆人看了笑道：『這首不但好，而且新巧有意趣。可知俗語說「天下無難事，衹怕有心人。」社裏一定要請你了。』香菱聽了心中不信，料着他們是哄自己的話，還衹管問黛玉、寶釵等。蒙側：聽了不信，方是才人虛心。香菱可愛。

正說之間，衹見幾個小丫頭子并老婆子忙忙的走來，都笑道：『來了好些姑娘、奶奶們，我們都不認得，奶奶、姑娘們快認親去。』李紈笑道：『這是那裏的話？你們到底說明白了是誰的親戚？』那婆子、丫頭們都笑道：『奶奶的兩位妹妹都來了。還有一位姑娘，還有一位爺，說是薛大爺的兄弟，還有一位姑娘，說是薛大姑娘的妹妹，我這會子請姨太太去呢，奶奶和姑娘們先上去罷。』說着，一徑去了。寶釵笑道：『我們薛蝌和他妹妹來了不成？』李紈也笑道：『我們嬸子又上京來了不成？他們如何凑在一處？這可是奇事。』大家納悶，來至王夫人上房内，衹見烏壓壓的一地人。

原來邢夫人之兄嫂帶了女兒岫烟進京，來投邢夫人的，可巧鳳姐之兄王仁也正進京，兩家親戚一處打幫來了。走至半路泊船時，正遇見李紈之寡嬸帶着兩個女兒——大名李紋，次名李綺——也上京。同敘起來又是親戚，因此三家一路同行。後有薛蟠之從弟薛蝌，因當年他父親在京時，已將胞妹薛寶琴許配都中梅翰林之子為婚，蒙側：寶琴許配梅門，于敘事内先逗一筆，後文方不突然（原無），此等法脉，識者着眼。正欲進京發嫁，聞得王仁進京，他也隨後帶了妹子趕來。所以今日會齊了，來訪投各人親戚。

于是大家見禮敘過，賈母、王夫人都歡喜非常。賈母因笑道：『怪道昨兒晚上燈花爆了又爆，結了又結，原來應在今日。』蒙側：『燈花』二語何等扯淡，何等包括有趣！着俗筆則語刺刺（原作喇喇）而不休矣。一面敘些家常，一面收看帶來的禮物，一面命留酒飯。鳳姐自不必說，忙上加忙。李紈、寶釵自然和嬸母、妹子敘離別之情。黛玉見了，先是歡喜，次後想起衆人皆有親眷，獨自己孤單，無個親眷，不免又去垂泪。蒙側：黛玉先喜後悲，不悲非情，不喜又非情，作……（按：下有缺文）。寶玉深知其情，十分勸慰了一番方罷。

然後寶玉忙忙來至怡紅院中，向襲人、麝月、晴雯等道：『你們還不快看人去！誰知寶姐姐的親哥哥是那個樣子，他這叔伯兄弟形容舉止另是一樣了，倒像寶姐姐同胞兄弟似的。更奇在你們成日家衹說寶姐姐是絕色的人物，如今你們瞧瞧去，他這妹子，還有大嫂子的兩個妹子，我竟形容不出來了。老天，老天，你有多少精華靈秀，生出這些人上之人來！可知我井底之蛙，成日家衹說現在的這幾個人，是有一無二的，誰知不必遠尋，就是本地風光，一個賽似一個，如今我又長了一層學問了。除了這幾個，難道還有幾個不成？』一面自笑自嘆。襲人見他又有些魔意，便不肯去瞧。晴雯等早去瞧了一遍，回來喜歡的笑向襲人道：『你快瞧瞧去！大太太的一個侄女兒，寶姑娘一個妹妹，大奶奶的兩個妹妹，倒像一把四根水葱兒。』

一語未了，衹見探春也笑着進來找寶玉，因說道：『咱們的詩社可興旺了。』寶玉笑道：『正是呢，這是你一高興起詩社，所以鬼使神差來了這些人。但衹一件，不知他們可學過作詩不曾？』探春道：『我才都問了，他們雖是自謙，看其光景，沒有不會的。便是不會也沒難處，你看香菱就知道了。』襲人笑道：『說薛大姑娘的妹妹更好，三姑娘看着怎麼樣？』探春道：『果然的話。據我看怎麼樣，連他姐姐并所有這些人總不及他。』襲人聽了，又是詫异，又笑道：『這也奇了，還從那裏再好去呢？我倒要瞧瞧去。』探春道：『老太太一見了，喜歡的無可不可，已經逼着太太認了幹女兒了。老太太要養活，才剛已經定了。』寶玉喜的忙問道：『果然的？』探春道：『我幾時說過謊！』又笑道：『有了這個好孫女兒，就忘了你這孫子了。』

寶玉笑道：『這倒不妨，原該多疼女兒些才是正理。明兒十六，咱們可該起社了。』探春道：『林丫頭剛起來了，二姐姐又病了，終是七上八下的。』寶玉道：『二姐姐又不大作詩，沒有他又何妨。』探春道：『率性等幾天，等他們新來的混熟了，咱們邀上他們豈不好？這會子大嫂子、寶姐姐自然心裏沒有詩興，況且湘雲又沒來，顰兒才好了，人人不合式。不如等着雲丫頭來了，這幾個新的也熟了，顰兒也大好了，大嫂子和寶姐姐心也閑了，香菱詩也長進了，如此邀一社豈不好？咱們兩個如今且往老太太那裏去聽聽，寶姐姐的妹妹不算，他一定是咱們家住定了的。倘或那三個要不在咱們家住，咱們央告着老太太留下他們，也在園子裏住下，豈不多添幾個人，越發有趣了。』寶玉聽了，歡喜道：『倒是你明白。我終究是個糊塗心腸，空歡喜一會子，卻想不到這上頭。』蒙側：觀寶玉『到底是你』數語，胸中純是一團活潑潑天機。

說着，兄妹二人一齊往賈母處來。且說賈母見了薛寶琴，甚是歡喜，便命王夫人認作幹女兒，因此歡喜非常，連園中也不命住，晚上跟着賈母一處安寢。薛蝌自向薛蟠書房中住下。賈母便和邢夫人說：『你侄女兒也不必家去了，園子裏住幾天，逛逛再家去。』邢夫人兄嫂家中原艱難，這一上京，原仗的是邢夫人與他們置房舍，幫盤纏，聽如此說，豈不願意。〔一〕邢夫人便將邢岫烟交與鳳姐，鳳姐籌算得園中姊妹多，性情不一，且又不便另設一處，莫若送到迎春一處去，（蒙側：鳳姐一番籌算，總爲與自己無幹。奸雄每每如此。我愛之，我惡之。）倘日後岫烟有些不遂意之事，縱然邢夫人知道了，與自己無幹。從此後，若邢岫烟家去住的日期不算，若在大觀園住到一個月上，鳳姐亦照迎春分例一樣送一分與岫烟。鳳姐冷眼瞅着岫烟的心性行為，竟不像邢夫人并他父母一樣，卻是個極溫厚可疼的人。（蒙側：先叙岫烟，次叙李紈，又叙李紋、李綺，亦何精致可玩。）因此鳳姐反憐他家貧命苦，比別的姊妹們多疼他些，邢夫人倒不大理論了。賈母和王夫人因素喜〔二〕李紈賢惠，且年輕〔三〕守節，令人敬服，今兒他寡嬸來了，便不肯令他外頭去住。那李嬸雖十分不肯，無奈賈母執意不從，衹得帶着李紋、李綺在稻香村住下了。

這裏安插既定，誰知保齡侯史鼐又遷委了外任大員，不日要〔四〕帶了家眷去上任。賈母因捨不得湘雲，便留下他了，（蒙側：史鼐未必左遷，但欲湘雲赴社，故作此一折耳，莫（原作算）被他混過。）接到家中，原要命鳳姐另設一處與他住。史湘雲執意不肯，定要和寶釵一處住，因此也就罷了。

此時大觀園中，比先熱鬧多少了。（蒙側：『此時大觀園』數行收拾，是大手筆。）李紈為首，餘者迎春、探春、惜春、寶釵、黛玉、湘雲、李紋、李綺、寶琴、岫烟，再添上鳳姐和寶玉，一共十三個人。叙年庚，除李紈年紀最長，這十二個皆不過十五六七歲，或有這三個同年，或有那五個共歲，或有這兩個同月、同日，或有那兩個同刻、同時，所差者大半是時刻月分而已。連他們自己也不能記清誰長誰幼了，連賈母、王夫人及家中婆娘、丫鬟，也不能細細分別，不過是『姊』『妹』『弟』『兄』四個字隨便亂叫。

如今香菱正滿心滿意衹想作詩，又不敢羅唣寶釵，可巧來了個史湘雲。那史湘雲又是極愛說話的，那裏禁得起香菱又請教他談詩，越發高興起來，便沒晝沒夜高談闊論起來。寶釵因笑道：『我實在聒噪的受不得了。一個女孩兒家，衹管拿着作詩當正經事講起來，叫有學問的人聽了，反笑話說不守本分。一個香菱沒鬧清，偏又添了你這麼個話口袋。滿嘴裏說的是什麼：怎麼是杜工部之沉鬱，韋蘇州之淡雅，又怎麼是溫八叉之綺靡，李義山之隱碎。放着現在的兩個詩家不知道，提那些死人做什麼！』湘雲聽了，忙笑問：『現在是那兩個？好姐姐，你告訴我。』寶釵笑道：『呆香菱之心苦，瘋湘雲之話多。』二人聽了，都大笑起來。

正說着，衹見寶琴來了，披着一領閂篷，金翠輝煌，不知何物。寶釵忙問道：『是那裏的？』寶琴道：『因下雪珠兒，老太太找了出來給我的。』香菱上來瞧道：『怪道這麼好看，原來是孔雀毛織的。』湘雲笑道：『那裏是孔雀毛織的，就是野鴨子頭上的毛做的。可見是老太太疼你了。這樣疼寶玉，也沒給他穿。』寶釵道：『真俗語說「各人有緣法」。我再想不到他這會子來，既來了，又有老太太這麼疼他。』湘雲道：

『你除了在老太太跟前，就在園中來，這兩處祇管玩笑吃喝。到了太太屋裏，若太太在屋裏，祇管和太太說笑，多坐一會無妨；若太太不在屋裏，你可別進去，那屋裏人多心壞，都是要害咱們的。』說的寶釵、寶琴、香菱、鶯兒等都笑了。寶釵笑道：『說你沒心，卻又有心；雖然有心，到底嘴太直了。我們這琴兒就有些像你。你天天說要我做親姐姐，我今兒竟叫你認他做親妹妹罷。』湘雲又瞅了寶琴半日，笑道：『這一件衣裳也就祇配他穿，別人穿了，實在不配。』正說着，祇見琥珀走來笑道：『老太太說了，叫寶姑娘別管緊了琴姑娘。他還小呢，讓他愛怎麼着就由他怎麼着。要什麼東西祇管要去，別多心。』寶釵忙起身來答應了，又推寶琴笑道：『你也不知是那裏來〔五〕的這段福氣！你倒去罷，仔細我們委屈着你。我就不信我那些兒不如你。』

說話之間，寶玉、黛玉都進來了，寶釵猶是嘲笑。湘雲因笑道：『寶姐姐，你這話雖是玩話，卻有人真心是這樣想呢。』琥珀笑道：『他倒不是這樣人，真心惱的再無別人，就祇是他。』口裏說，手指着寶玉。寶釵對湘雲笑道：『莫不是他？』琥珀又笑道：『不是他，就是他。』又指着黛玉。湘雲便不嘖聲。庚：是不知道黛玉病中相談贈燕窩之事也。□□脂硯。寶釵忙笑道：『更不是了。我的妹妹和他的妹妹一樣，他比我還更喜歡呢，那裏還惱？

你信雲兒混說，他的那嘴有什麼實據！』寶玉素習深知黛玉有些小性兒，然尚不知近日黛玉、寶釵之事，正恐賈母疼寶琴他心中不自在，今見湘雲如此說了，寶釵又如此答，再審度黛玉聲色亦不似往日，居然與寶釵之說相符，便心中悶悶不解。因想：『他兩個素日不是這樣的，如今看來竟更比別人好了十倍。』一時又見林黛玉趕着寶琴叫妹妹，并不提名道姓，直是親姊妹一般。那寶琴年輕心熱，庚：四字道盡，不犯寶釵。脂硯齋評。本性聰明，自幼讀書識字，庚：我批此書，竟得一秘訣以告諸公：凡（原作幾）歷史中所雲才貌雙全佳人者，細細通審之祇得一個粗知筆墨之女子耳。此書凡雲知書識字者，便是上等才女，不信時，祇看他通部行爲及詩詞詼諧皆可知。妙在此書從不肯自下評注，雲此人系何等人，祇借書中人閑評一二語，故不得有未密之縫被看書者指出，真狡猾之筆耳。今在賈府住了兩日，大概人物已知。又見諸姊妹都不是那輕薄脂粉，且又和姐姐皆和契，故也不肯怠慢，其中又見林黛玉是個出類拔萃的，便更與他親近异常。寶玉看着祇是暗暗的納悶。

一時，寶釵姊妹往薛姨媽房内去後，湘雲往賈母處來，黛玉回房歇着。寶玉找了黛玉來，笑道：『我雖看了《西廂記》，也曾有明白的幾句，說了取笑，你還不惱過麼。這如今想來，竟有一句不解的，我念出來你講講我聽。』黛玉聽了，便知有文章，因笑道：『你念出來我聽聽。』寶玉笑道：『那《鬧簡》上有一句說得最好，「是幾時孟光接了梁鴻案？」這句最妙。孟光「接了梁鴻案」這五個字，不過是現成的典，難〔六〕為他這「是幾時」的三個虛字問的有趣。是幾時接了〔七〕？你說說我聽。』黛玉聽了，禁不住也笑了，因笑道：『這原問的好。他也問的好，你也問的好。』寶玉道：『先時你衹疑我，如今你也沒的說了，我反落了單。』黛玉笑道：『誰知他竟真是個好人，我素日衹當他藏奸。』因把說錯了酒令起，連送燕窩病中所談之事，細細告訴了寶玉。寶玉方知原故，因笑道：『我說呢，正納悶「是幾時孟光接了梁鴻案」，原來是從「小孩兒家口沒遮攔」上就接了案了。』黛玉因又說起寶琴來，想起自己沒有姊妹，不免又哭了。寶玉忙勸道：『這又自尋煩惱了。你瞧瞧，今年比舊年越發瘦了，你還不保養保養。每天好好的，你必是自尋煩惱，哭一會子，才算完了這一天的事。』黛玉拭泪道：『近來我衹覺心酸，眼泪却像比舊年少了些似的。心裏衹管酸痛，眼泪却不多。』寶玉道：『這是你哭慣了，心裏疑的，豈有眼泪會少的！』

正說着，衹見他屋裏的小丫頭子送了猩猩氈的鬥篷來，又說：『大奶奶才打發人來說，下了雪，要商議明日請人作詩呢。』一語未了，衹見李紈的丫頭走來請黛玉，寶玉便邀着黛玉同往稻香村來。黛玉換上掐〔八〕金挖雲紅香羊皮小靴，罩了一件大紅羽紗面白狐皮裏鶴氅，束一條青金閃綠雙環四合如意絛，頭上罩了雪帽。

二人一齊踏雪行來，祇見衆姊妹已都在那邊，都是一色大紅猩猩氈與羽毛緞的鬥篷，獨李宮裁穿一件青哆呢對襟褂子，薛寶釵是一件蓮青鬥紋錦上添花洋綫番羓絲的鶴氅，邢岫烟仍是家常舊衣裳，并無有遮雪之衣。一時史湘雲來了，穿着賈母與他的一件貂鼠腦袋面子大毛黑灰鼠裏子大褂子，頭上帶着一頂挖雲鵝黃片金裏大紅猩猩氈昭君套，大貂鼠的風領圍着。黛玉先笑道：『你們瞧瞧，孫行者來了。他一般的也拿着雪褂子，故意裝出一個小騷達子來。』湘雲笑道：『你們瞧我裏頭打扮的。』一面說，一面脱了褂子。祇見他裏頭穿着一件半舊的靠色三鑲領袖秋香色盤金五彩綉龍窄褃小袖掩衿銀鼠短襖，裏面短短的一件水紅裝緞狐肷褶子，腰裏束着一條蝴蝶結子長穗五色宮縧，腳下也穿着緣皮小靴，越顯的蜂腰猿背，鶴勢螂形。

庚：近之『拳譜』中有『坐馬勢』，便似螂之蹲立。昔人愛輕捷便俏，閑取一螂，觀其仰頸疊胸之勢。今四字無出處，却寫盡矣。□□脂硯齋評。

衆人都笑道：『偏他祇愛打扮成個小子的樣兒，原比他打扮女孩兒更俏麗些。』湘雲笑道：『快商議作詩！我聽聽是誰的東家？』李紈道：『我的主意。想來昨兒的正日已過了，再等正日又太過，可巧又遇下雪，不如咱們大家湊個社，又給他們接風，又可以作詩。你們意思怎麼樣？』寶玉先道：『這話很是。祇是今日晚了，若到明日，晴了又無趣。』衆人都道：『這雪未必晴。縱晴了，這一夜下的也夠賞了。』李紈道：『我這裏雖好，又不比蘆雪庵好。我已經打發人籠地坑去了，咱們大家擁爐作詩。老太太想來未必高興，况且咱們小玩兒，單給鳳丫頭個信兒就是了。你們每人一兩銀子就夠了，送到我這裏來。』指着香菱、寶琴、李紋、李綺、岫烟：『五個人不算，咱們裏頭二丫頭病了不算，四丫頭告了假也不算，你們四分子送了來，我包總五六兩銀子也盡夠了。』寶釵等一齊應諾。因又擬題限韵，李紈笑道：『我心裏自己定了，等到了明日臨期，横豎知道。』說畢，大家又閑話了一會，方往賈母處來。本日無話。

到了次日一早，寶玉因心裏記挂着這事，一夜没好生得睡，天亮了就爬起來。掀起帳子一看，雖然門窗尚掩，衹見窗上光輝奪目，内心躊躇起來，抱怨定是晴了，日光已出。一面忙起來揭起窗屜，從玻璃窗内往外一看，原來不是日光，竟是一夜大雪，下的將有一尺多厚，天上仍是搓綿扯絮一般。寶玉此時歡喜非常，忙喚起人來，盥漱已畢，衹穿一件茄色哆啰呢狐皮襖子，罩一件海龍皮小小〔九〕鷹膀褂子，束了腰，披上玉針蓑，戴了金藤笠，登上沙棠屐，忙忙的往蘆雪庵來。出了院門，四顧一望，并無二色，遠遠的是青鬆翠竹，自己卻如裝在玻璃盒内一般。于是走至山坡之下，順着山腳剛轉過去，已聞得一股寒香拂鼻。回頭一看，卻是妙玉門前櫳翠庵中有十數株紅梅如胭脂一般，映着雪色，分外顯得精神，好不有趣！寶玉便住了腳，細細的賞玩一會。方欲走，衹見蜂腰板橋上一個人打着傘走來，原來李紈打發了去請鳳姐的人。

寶玉來至蘆雪庵，衹見丫鬟、婆子正在那裏掃雪開徑。原來這蘆雪庵蓋在傍山臨水河灘之上，一帶幾間，茅檐土壁，槿籬竹牖，推窗便可垂釣，四面皆是蘆葦，掩覆一條去徑，逶迤穿蘆度葦過去，就是藕香榭的竹橋了。衆丫鬟、婆子見他披蓑戴笠來，都笑道：『我們才說正少個漁翁，如今果然全了。姑娘們吃了飯才來呢，你也太性急了。』寶玉聽了，衹得回來。剛至沁芳亭，衹見探春正從秋爽齋出來，圍着大紅猩猩氈鬥篷，戴着觀音兜，扶着一個小丫頭，後面一個婦人打着一把青綢油傘。寶玉知他往賈母處去，遂立在亭邊，等他來到，二人一同出園前去。寶琴正在裏間屋裏梳頭更衣。

一時，衆姊妹來齊，寶玉衹是嚷餓了，連連催飯。好容易等擺上飯來，頭一樣菜便是牛乳蒸羊羔，賈母便說：『這是我們有年紀的人的藥，沒見天日的東西，可惜你們小孩子們吃不得。今兒另外有新鮮鹿肉，你們等着吃罷。』衆人答應了。寶玉卻等不得，衹拿茶泡了一碗飯，就着野雞瓜子忙忙的咽完了。賈母道：『我知道你們今兒又有事情，連飯也不顧了。』便叫『留着鹿肉與他晚上吃』，鳳姐兒忙說：『還有呢』，方罷了。史湘雲悄和寶玉計較道：『有新鮮鹿肉，不如咱們要一塊，自己拿了園中弄着，又玩又吃。』寶玉聽了，巴不得〔十〕一聲兒，便真和鳳姐要了一塊，命婆子送入園中去。

一時，大家散後，進園齊往蘆雪庵來，聽李紈出題限韵，獨不見湘雲、寶玉二人。黛玉道：『他兩個再到不了一處，若到一處，生出多少事故來。這會子，一定算計那塊鹿肉呢。』庚：聯詩，極雅之事；偏于雅前寫出小兒啖膻茹血極腌臢的事來，爲錦心綉口作配。正說着，祇見李嬸也走來看熱鬧，因問李紈道：『怎麼那一個帶玉的哥兒和那一個挂金麒麟的姐兒，那樣幹淨清秀，又不少吃的，他兩個在那裏商議着要吃生肉呢，說的有來有去的。我祇不信肉也生吃的。』衆人聽了，都笑道：『了不得了，快拿了他兩個來。』黛玉笑道：『這可是雲丫頭鬧的，我的卦再不錯。』

李紈等忙出來找着他兩個說道：『你們兩個要吃生的，我送你們到老太太那裏去吃。那怕吃一祇生鹿，撑病了不與我相幹。這麼〔十二〕大雪，怪冷的，替我作禍呢。』寶玉忙笑道：『沒有的事，我們燒着吃呢。』李紈道：『這還罷了。』祇見老婆子們拿了鐵爐、鐵叉、鐵鏾來，李紈道：『仔細割了手，可不許哭！』說着，同探春過去了。

鳳姐打發平兒來回復不能來，為發放年例正忙。湘雲見了平兒，那裏肯放。平兒也是個好玩的，素日跟着鳳姐無所不至，見如此有趣，樂得玩笑，因而褪去手上的鐲子，三個人圍着火，平兒便要先燒三塊吃。那邊寶釵、黛玉平素看慣了，不以為异，寶琴等及李嬸深為罕事。探春與李紈等已議定了題、韵。探春笑道〔十二〕：『你聞聞，香氣這裏都聞見了，我也吃去。』說着，也找了他們來。李紈也隨來，說：『客已〔十三〕齊了，你們還沒吃夠？』湘雲一面吃，一面說道：『我吃這個方愛吃酒，吃了酒方才有詩。若不是這鹿肉，今兒斷不能作詩。』說着，衹見寶琴披着鳧靨裘站在那裏笑，湘雲笑道：『傻子，你來嘗嘗。』寶琴笑說：『怪臟的。』寶釵笑道：『你嘗嘗去，吃的甚有味。林姐姐弱，吃了不消化，不然他也愛吃。』寶琴聽了，便過去吃了一塊，果覺好吃，便也吃起來。

一時，鳳姐打發丫頭來叫平兒。平兒說：『史大姑娘拉着我呢，你先去罷。』小丫頭聽說去了。一時衹見鳳姐也披了門篷走來，笑道：『吃這樣好東西，也不告訴我！』說着也湊在一處吃起來，黛玉笑道：『那裏找這一群花子去！罷了，罷了！今日蘆雪庵遭劫，生生被雲丫頭作踐了。我為蘆雪庵一哭！』庚：大約此話不獨黛玉，觀書者亦如此。湘雲笑道：『你知道什麼！「是真名士自風流」，你們都清高，最可厭。我們這會子腥膻大吃大嚼，回來卻〔十四〕是錦心綉口。』寶釵笑道：『你回來若作不好了，把那鹿肉掏了出來，就把這雪壓的蘆葦子摁上些，以完此劫。』

說着，吃畢，洗漱了一回。平兒帶鐲子時卻少了一個，左右前後亂找了一番，踪迹全無。衆人都詫异，鳳姐笑道：『我知道這鐲子去向。你們祇管不用找，作詩去，不出三日管就見了。』說着又問：『你們今兒作什麽詩？老太太說了，離年又近了，正月裏還該作些燈謎兒大家玩笑。』衆人聽了，都笑道：『可是倒忘了。如今趕着作幾個好的，預備着正月裏玩。』說着，一齊來至地炕屋裏，祇見杯盤果菜俱已齊備，牆上已貼出詩題來。寶釵、湘雲二人忙看時，祇見題目是『即景聯句，五言排律一首，限二「蕭」韻。』後面尚未列次序，李紈道：『我不大會作詩，我祇起三句罷，然〔十五〕後誰先得了誰先聯。』寶釵道：『到底分別次序的好。』要知端的，下回分解。

總評

此回綫索在門篷，寶琴翠羽門篷，賈母所賜，言其親也。寶玉紅猩猩氈門篷，爲後雪披一襯也。黛玉白狐皮門篷，明其弱也。李宮裁門篷是哆啰呢，昭其質也。寶釵門篷是蓮青門紋錦，致其文也。賈母是大門篷，尊之詞也。鳳姐是披着門篷，恰似掌家人也。湘雲有門篷不穿，著其异樣行動也。岫烟無門篷，叙其窮也。祇一門篷，寫得前後照耀生色。

一片含梅咀雪文字，偏從雉肉、鹿肉、鵪鶉肉上以渲（原作煊）染之，點成異樣筆墨，較之雪吟雪賦諸作，更覺優秀。

校記

〔一〕原文無『與他們置房舍，幫盤纏，聽如此説，豈不願意』一句，據庚辰本、蒙府本補。
〔二〕此處的『素喜』二字，原文爲『素習』，據庚辰本、列藏本、夢稿本改。
〔三〕此處的『年輕』二字，原文爲『輕年』，據庚辰本、夢稿本改。
〔四〕此處的『要』字，原文爲『又』，據庚辰本改。
〔五〕原文無『來』字，據蒙府本補。
〔六〕此處的『難』字，原文爲『雅』，據庚辰本改。
〔七〕此處的『是幾時接了』，原文爲『是幾時接了你』，據蒙府本删去『你』字。
〔八〕原文無『掐』字，據庚辰本補。
〔九〕此處的『小小』二字，原文爲『小』，第二個『小』字，據庚辰本補。
〔十〕此處的『巴不得』三字，原文爲『把不得』，據庚辰本改。
〔十一〕『這麽』二字，原文爲『怎麽』，據蒙府本改。

〔十二〕『探春與李紈等已議定了題、韵。探春笑道』一句，原文爲：『探春與李紈笑道』，據庚辰本改。

〔十三〕原文無『已』字，據庚辰本補。

〔十四〕此處的『却』字，原文爲『都』，據蒙府本改。

〔十五〕原文無『然』字，據庚辰本補。

第五十回

蘆雪庵爭聯即景詩　暖香塢雅制春燈謎

【回前】此回着重在寶琴，却出色寫湘雲。寫湘雲聯句極敏捷聰慧，而寶琴之聯句不少于湘雲，可知出色寫湘雲，正所以出色寫寶琴。出色寫寶琴者，全爲與寶玉提親作引也。金針暗度，不可不知。

話說薛寶釵道：『到底分個次序，讓我寫出來。』說着，便令衆人拈鬮為次序。第一卻是李紈，然後按次各個開出〔一〕。鳳姐道：『既這樣說，我也說一句在上頭。』衆人都笑說：『更妙了！』寶釵便將稻香老農之上，補了個『鳳』字，李紈又將題目講與他聽。鳳姐想了半日，笑道：『你們可別笑話，我祇有一句粗話，下剩的我就不知道了。』衆人都笑道：『越是粗話越好，你說了就祇管幹正經事去罷。』鳳姐笑道：『我想下雪必刮北風。昨夜聽見一夜的北風，我有了一句，就是「一夜北風緊」，可使得？』衆人聽了，都相視笑道：『這句雖粗，不見底下的，這正是會作詩的起法。不但好，而

庚：一定要按次序，恰又不按次序，似脱落處而不脱落，文章歧路如此。

且留了多少地步與後人。就是這句為首，稻香老農快寫上，續下去！』鳳姐和李嬸、平兒又吃了兩杯酒，各自去了。這裏李紈寫上：

一夜北風緊，

自己聯道：

開門雪尚飄。入泥憐潔白，

香菱道：

迎地〔一〕惜瓊瑤。有意榮枯草，

探春道：

無心飾萎苕。價高村釀熟，

李綺道：

年稔府粱饒。葭動灰飛管，

李紋道：

陽回鬥轉杓。寒山已失翠，

岫烟道：凍浦不聞潮。易挂疏枝柳，

湘雲道：難堆破葉蕉。麝煤融寶鼎，

寶琴道：綺袖籠金貂。光奪窗前鏡，

黛玉道：香粘壁上椒。斜風仍故故，

寶玉道：清夢轉聊聊。何處梅花笛？

寶釵道：

誰家碧玉簫？鰲愁坤軸限〔三〕，

李紈笑道：『我替你們看熱酒去罷。』寶釵命寶琴續聯，衹見湘雲站起來道：

龍鬥陣雲銷。野岸回孤棹，

寶琴也站起道：

吟鞭指灞橋。賜裘憐撫戍，

湘雲那裏肯讓人，且別人也不如他敏捷，都看他揚眉挺身的說道：靖眉：的是湘雲，寫海棠是一樣筆墨，如今聯句，又是一樣寫法。

加絮〔四〕念徵徭。坳垤審夷險，

寶釵連聲贊好，也便聯道：

林枝〔五〕怕動搖。皚皚輕趁步，

黛玉忙聯道：

翦翦舞隨腰。煮芋成新賞，

一面說，一面推寶玉，命他聯。寶玉正看寶釵、寶琴、黛玉三人共戰湘雲，十分有趣，那裏還顧得聯詩，今見黛玉推他，方聯道：

撒鹽是舊謡。艇蓑〔六〕猶泊釣，

湘雲笑道：『你快下去，你不中用，倒耽擱了我。』一面衹聽寶琴聯道：

林斧乍停樵〔七〕。伏象千峰凸，

湘雲忙聯道：

盤蛇一徑遥。花緣經冷聚，

寶釵與衆人又忙贊好。探春聯道：

色豈畏霜凋。深院驚寒雀，

湘雲正渴了，忙忙的吃茶，已被岫烟聯道：

空山泣老鴞。階墀隨上下，

湘雲忙丢下茶杯，忙聯道：

池水任浮漂。照耀臨清曉，

黛玉聯道：

縯紛入永宵。誠忘三尺冷，

湘雲忙聯道：

瑞釋九重焦。僵卧誰相問，

寶琴也忙笑聯道：

狂游客喜招。天機斷縞帶，

湘雲道：

海市失鮫綃。

林黛玉不容他道，接着便道：

寂寞荒池榭，

湘雲忙聯道：

清貧陋巷瓢。

寶琴也不容情，也忙道：

烹茶冰澌沸，

湘雲見了，自為又該自己，忙聯道：

煮酒葉難燒。

黛玉也笑道：

沒帚山僧掃，

寶琴也笑道：

埋琴稚子挑。

湘雲笑彎了腰，忙念了一句，衆人問『到底說的是什麽？』湘雲喊道：

石樓閑睡鶴〔八〕，

黛玉笑的捂着胸口，高聲嚷道：

錦罽暖親猫。

寶琴也忙笑道：

月窟翻銀浪，

湘雲忙聯道：

霞城隱赤標。

黛玉忙笑道：

沁梅香可嚼，

寶釵笑着稱好，也忙聯道：

淋竹醉堪調。

寶琴也忙道：

或濕鴛鴦帶，

湘雲忙聯道：

猶凝翡翠翹。

黛玉又忙道：

無風仍脈脈，

寶琴也忙笑聯道：

不雨亦瀟瀟。

湘雲伏着已笑軟了。衆人看他三人對搶，也顧不得作詩，看着也衹是笑。黛玉還推他往下聯，又道：『你也有才盡力窮之時，我聽聽，還有什麼舌根嚼了！』湘雲衹伏在寶釵懷裏，笑個不住。寶釵推他起來道：『你有本事，把「二蕭」的韵全用完了，我才服你。』湘雲起身笑道：『我也不是作詩，竟是搶命了。』衆人笑道：『倒是你自己說罷。』探春早已料定沒有自己聯的份了，便命寫出來，因說道：『沒收住呢。』李紈聽了，接過來便聯道：

欲志今朝樂，

李綺收了一句道：

憑詩祝舜堯。

李紈道：『夠了，夠了。雖無作完了韵，若生扭用了，倒不好。』說着，大家來細細評論一會，獨湘雲的多，都笑道：『這都是那塊鹿肉的功勞。』

李紈笑道：『逐句評去，都還一氣，衹是寶玉又落了第了。』寶玉笑道：『我原不會聯句，衹好擔待我罷。』李紈笑道：『也沒有社社擔待你的。又說韵險了，又整誤了，又不會聯句了，今日必罰你。我才看見櫳翠庵的紅梅有趣，我要折一枝來插瓶。可厭妙玉為人，我不理他。如今罰你去折一枝來。』衆人都道：『這罰的又雅又有趣。』寶玉也樂為，答應着便要走，湘雲、黛玉一齊說道：『外頭冷得很，你且吃一杯熱酒再去。』湘雲早執起壺來，黛玉遞了一個大杯，滿斟了一杯，湘雲笑道：『你吃了我們這杯酒，你要取不來，加倍罰你。』寶玉忙吃了酒，冒雪而去。

李紈命人好生跟着，黛玉忙攔說：『不必，有了人反不得了。』李紈點頭說：『是。』一面命丫鬟將一個聳肩瓶拿來，貯了水準備插梅，因又笑道：『回來該咏紅梅了。』湘雲忙道：『我先作一首。』寶釵忙道：

『今兒斷乎不容你再作了。你都搶了去，別人都閑着，也沒趣。回來還罰寶玉，他說不會聯句，如今就叫他自己〔九〕作去。』庚：想此刻寶玉已到庵中矣。黛玉笑道：『這話很是。我還有主意，方才聯句不夠，莫若揀那聯的少的人作紅梅。』寶釵笑道：『這話是極。方才邢、李三位屈才，又且是客。琴兒和顰兒、雲兒三個人也搶了許多了，我們一概都不作，祇讓他三個作才是。』李紈因說：『綺兒也不大會作，還是讓琴妹妹罷。』寶釵祇得依允，庚：想此刻二玉已會，不知肯見賜否？又道：『就用「紅梅花」三個字作韵，每人一首七言律。邢大妹妹作「紅」字，李大妹妹作『梅』字，琴兒作「花」字。』李紈道：『饒過寶玉去，我不依。』湘雲忙道：『有個好題目叫他作。』衆人問是何題？湘雲道：『命他就作《訪妙玉乞紅梅》，豈不有趣？』衆人聽了，都說有趣。

一語未了，祇見寶玉笑嘻嘻背了一枝紅梅進來，衆丫鬟忙已接過，插入瓶中。衆人都笑稱謝，寶玉笑道：『你們賞玩罷，也不知費了我多少精神呢。』說着，探春又遞過一杯暖酒來，衆丫鬟上來接了蓑笠撣雪。各人房中丫鬟都添送衣服來，庚：冬日午後景況。襲人也遣人送了半舊的狐腋褂來。李紈命人將那蒸的大芋頭盛了一盤，又將朱橘、黃橙、橄欖等物盛了兩盤，命人帶與襲人吃去。湘雲且告訴寶玉方才的詩題，又推寶玉快作，寶玉道：『好姐姐妹妹，讓我自己用韵罷。別限韵了。』衆人都說：『隨你作去罷〔十〕。』

一面說，一面大家看梅花。原來這枝梅花衹有二尺來高，旁有一橫枝縱橫而出，約有五六尺長，其間小枝分歧，或如蟠螭，或如僵蚓，或孤削如筆，或密聚如林，花吐胭脂，香欺蘭蕙，庚：一篇《紅梅賦》。各個稱賞。誰知邢岫烟、李紋、薛寶琴三人都已吟成，各自寫了出來。衆人便依『紅梅花』三字之序看〔十一〕去，寫道是：

咏紅梅花 得『紅』字 邢岫烟

桃未芳菲杏未紅，衝寒先喜〔十二〕笑東風。
魂飛庾嶺春難辨，霞隔羅浮夢未通。
綠萼添妝融寶炬，縞仙扶醉跨殘虹。
看來豈是尋常色，濃淡由他冰雪中。

咏紅梅花 得『梅』字 李紋〔十三〕

白梅懶賦賦紅梅，逞艷先迎醉眼開。

凍臉有痕皆是血，酸心無限〔十四〕亦成灰。
誤吞丹藥移真骨，偷下瑤池脱舊胎。
江北江南春燦爛，寄言蜂蝶漫疑猜。

咏紅梅花 得『花』字 薛宝琴

疏是枝條艷是花，春妝兒女競奢華。
閑庭曲檻無餘雪，流水空山有落霞。
幽夢冷隨紅袖笛，游仙香泛絳河槎。
前身定是瑶臺種，無復相疑色相差。

衆人看了，都笑稱賞了一番，又指末一首説更好。寶玉見寶琴〔十五〕年紀最小，才更敏捷，深為奇异。黛玉、湘雲二人斟了一小杯酒，齊賀寶琴，寶釵笑道：『三首各有好處。你們兩個天天捉弄厭了我，如今又捉弄他來了。』

李紈又問寶玉：『你可有了？』寶玉道：『有倒有了，才一看見那〔十六〕三首，又唬忘了，等我再想一想。』湘雲聽說，便拿了一支銅火箸擊着香爐，笑道：『我擊鼓了，若鼓絕不成，又要罰了。』寶玉笑道：『我已有了。』黛玉提起筆來，笑道：『你念，我寫。』湘雲便擊了一下，笑道：『一鼓絕。』寶玉笑道：『有了，你寫吧。』衆人聽他念道：

酒未開樽句未裁，

黛玉寫了，搖頭笑道：『起的平平。』湘雲又道『快着！』寶玉笑道：

尋春問臘到蓬萊。

黛玉、湘雲都點頭笑道：『有些意思了。』寶玉又道：

不求大士瓶中露，爲乞孀娥〔十七〕檻外梅。

黛玉寫了，又搖頭道：『巧湊而已。』湘雲忙催二鼓，寶玉又笑道：

入世冷挑紅雪去，離塵香割紫雲來。

槎枒誰惜詩肩瘦，衣上猶沾佛院苔。

黛玉寫畢，大家才評論，祇見幾個丫鬟跑進來回道：『老太太來了。』衆人忙迎出來。大家又笑道：『怎麽這樣高興！』說着，遠遠見賈母圍着大門篷，戴着灰鼠暖兜，坐着小竹轎，打着青綢傘，衆人擁轎而來。李紈等忙往上迎，賈母命人止住說：『祇站在那裏就是了。』來至跟前，賈母笑道：『我瞞着你太太和鳳丫頭來了。大雪地裏，我坐着這個無妨，沒的叫他娘兒們來踏雪。』衆人忙一面上前接鬥篷，攙扶下轎，一面答應着。賈母來至室中，先笑道：『好俊梅花！你們也會樂，我來着了。』說着，李紈早命人拿了個大狼皮褥子來鋪在當中。賈母坐了，因笑道：『你們祇管照舊玩笑吃喝。我因為天短了，不敢睡中覺，抹了一會骨牌，忽然想起你們來了，我也來湊個趣兒。』李紈早又捧過手爐來，探春另拿一副杯箸來，親自斟了暖酒，奉與賈母。賈母便飲了一口，便問那個盤子裏是什麽東西。衆人忙捧了過來，回說是糟鵪鶉，賈母道：『這倒罷了，撕一兩點腿子來。』李紈忙答應了，要水洗手，親自來撕。

賈母又道：『你們仍舊坐下說笑我聽。』又命李紈：『你也祇管坐下，就如同我沒來的一樣才是，不然我就去了。』衆人聽了，方依次坐下，祇李紈挪到盡下邊去了。賈母因問作何事來着，衆人便說作詩。賈母道：

『有作詩的，不如作些燈謎，大家正月裏好玩。』衆人答應了。說笑了一會，賈母便說：『這裏潮濕，你們別久坐，仔細受了潮濕。』因說：『你四妹妹那裏暖和，我們到那裏瞧瞧他的畫兒，趕年可有了。』衆人笑道：『那裏能年下就有了？衹怕明年端陽有了。』賈母道：『這還了得！他竟比蓋園子還費工夫。』

說着，仍坐了竹轎，大家圍隨，過了藕香榭，穿入一條夾道，東西兩邊皆有過街門，門樓之上裏外皆嵌石頭匾，如今進的是西門，向外的匾上鑿着『穿雲』二字，向裏的鑿的『度月』兩字。來至當中，向南的正門，賈母下了轎，惜春已接了出來。從裏游廊過去，便是惜春的卧房，門鬥上有『暖香塢』三個字。庚：看他又寫出一處。從起至末一筆一部之文也有，千萬筆成一部之文也有，一二筆成一部之文也有。如『試才』一回，起若都說完，以後則索然無味，故留此幾處，以爲後文之點染也。此方活潑不板，眼目屢新。早有幾個人打起猩紅氈簾，已覺溫香拂臉。庚：各處皆如此，非獨因『暖香』二字方有此景。戲注于此，以博一笑耳。大家進入房中，賈母并不歸坐，衹問畫兒畫在那裏。惜春笑回道：『天氣寒冷了，膠性皆凝澀不潤，畫了不好看，故此收起來。』賈母笑道：『我年下就要的。你別托懶兒，快拿出來給我快畫。』

一語未了，忽見鳳姐披着紫絨褐褂，笑孜孜的來了，口內說道：『老祖宗今兒也不告訴人，私自就來了，要的我好找。』賈母見他來了，心中自是喜悅，便道：『我怕你們冷着了，所以不許人告訴你們去。你真個鬼靈精兒，到底找了我來。論理，孝敬不在這上頭。』鳳姐笑道：『我那裏是孝敬的心找了來？我因為到了老祖宗那裏，鴉沒雀靜的，庚：這四個字俗語中常聞，但不能落紙筆耳。便欲寫時，究竟不知系何四字。今如此寫來，真是不可移易。問小丫頭子們〔十八〕，他們也不肯說，叫我到園子裏來。我正疑惑，忽然又來了兩三個姑子，我心裏才明白了。那姑子必是來送年疏，或要年例香火銀子，老祖宗年下的事也多，一定是躲債來了。我趕忙問了那姑子，果然不錯。我連忙把年例給了他們去了。來回老祖宗，債主已去，不用躲了。已備下希嫩的野鷄，請吃晚飯去，再遲一會子就老了。』他一行說，衆人一行笑。

鳳姐也不等賈母說話，便命人抬過轎子來。賈母笑着，扶了鳳姐，仍上竹轎，帶着衆人，說笑着出了夾道的東門。一看四面粉妝銀砌，忽見寶琴披着鳧靨裘站在山坡上遥等，身後一個丫鬟抱着一瓶紅梅。衆人都笑道：『怪道少了兩個人，他卻在這裏等着，也弄梅花去了。』賈母喜的忙笑道：『你們瞧，這雪坡上配着他的這個人品，又是這件衣裳，後頭又是這梅花，像個什麼？』衆人都笑道：『就像老太太屋裏挂的仇十洲畫的《艷雪圖》。』賈母摇頭笑道：『那畫的那裏有這件衣裳？人也不能這樣好！』一語未了，衹見寶琴身後又轉出一個披大紅猩氈的人來，賈母道：『那又是那個女孩兒？』衆人道：『姑娘們都在這裏，那是寶玉。』賈母笑道：『我的眼越發花了。』說話之間，來至跟前，可不是寶玉！和寶琴笑向寶釵、黛玉等道：『我才又到了櫳翠庵。妙玉每人送了你們一枝梅花，已經打發人送去了。』衆人都笑說：『多謝你費心。』

說話之間，已出了園門，來至賈母房中。吃畢飯，大家又說笑了一會。忽見薛姨媽也來了，說：『好大雪，一日也沒過來望候老太太。今日老太太倒不高興？正該賞雪才是。』賈母笑道：『何曾不高興了！我找了他們姊妹們去玩了一會子。』薛姨媽笑道：『昨兒晚上，我原想着今兒要和我們姨太太借一日園子，擺兩桌粗酒，請老太太賞雪的，又見老太太安息的早。我聽得女兒說，老太太心下不大爽快，因此今日也沒敢驚動。早知如此，我正該請的。』賈母笑道：『這才是十月裏頭場雪，往後下雪的日子多呢，再破費不遲。』薛姨媽笑道：『果然如此，算我的孝心虔了。』鳳姐笑道：『姑媽仔細忘了，如今先秤五十兩銀子來，交給我收着；一[十九]下雪，我就預備下，姑媽也不用操心，也不得忘了。』賈母笑道：『既這麼說，姨太太就給他五十兩銀子收着，我和他每人分二十五兩，到下雪的日子，我裝心裏不快，就混過去了，姨太太更不用操心，我和鳳姐得了實惠。』鳳姐將手一拍，笑道：『妙極了，這和我的主意一樣。』衆人都笑了，賈母笑道：『呸！沒臉的，就順着竿子爬上來了！你不說姨太太是客，在咱們家受委屈，我們該請姨太太才是，那裏有破費姨太太的理！不這樣說呢，還有臉先要五十兩銀子，真不害臊！』鳳姐笑道：『我們老祖宗最是〔二十〕有眼色的，試一試，姑媽若鬆呢，拿出五十兩來，就和我分。這會子估量着不中用了，翻過臉來拿我作法子，說出這些話來。如今我也不和姑媽要銀子，我竟替姑媽出銀子置了酒，請老太太吃了，我另外再封五十兩銀子孝敬老祖宗，算是罰我包攬閑事。這可好不好？』話未說完，衆人已笑倒在炕上。

賈母因又說及寶琴雪下折梅比畫兒上還好，又細問他年庚八字并家内景况。薛姨媽度其意思，大約要與寶玉求配。薛姨媽心中固也遂意，衹是已許過梅家，因賈母尚未明說，自己也不好擬定，遂半吐半露告訴賈母道：『可惜這孩子沒福，前年他父親就沒了。他從小兒見的世面倒多，跟着他父親四山五岳都走遍了。他父親是好樂的，各處因有買賣，帶着家眷，這一省逛一年，明年又往那一省逛半年，所以天下十停倒走了五六停了。那年在這裏，把他許了梅翰林兒子，偏第二年他父親就辭世了，如今他母親又是痰疾。』鳳姐也不等說完，便『哎』聲不止說：『偏不巧，我正要作個媒呢，又已經許了人家。』賈母笑道：『你給誰說媒？』鳳姐笑道：『老祖宗别管，我心裏看準了他們兩個却是一對。如今已許了人家，說也無益，不如不說罷了。』賈母也知鳳姐之意，聽見有了人家，也就不提了。大家又閑話了一會方散，一宿無話。

次日雪晴。飯後，賈母又親囑惜春：『不管冷暖，祇畫去，趕到年下，十分不能便罷了。第一要緊把昨日琴兒和丫頭、梅花，照樣，一筆別錯，快快添上。』惜春聽了雖是為難，祇得應了。一時衆人都來看他如何畫，惜春祇是出神。

李紈因笑向衆人道：『讓他自己想去，咱們且說話兒。昨日老太太祇叫作燈謎兒，回了家和綺兒、紋兒睡不着，我就編了兩個《四書》的。他兩個每人也編了一個。』衆人聽了，都笑道：『這倒該作的。先說了，我們猜猜。』李紈笑道：『「觀音未有世家傳」，打《四書》一句。』湘雲接着說：『就是在「止于至善」。』寶釵笑道：『你也想一想「世家傳」三個字的意思再猜。』李紈笑道：『再想。』黛玉笑道：『哦，是了。是「雖善無徵」。』衆人都笑道：『這句是了。』李紈又道：『一池青草草何名。』湘雲又忙道：『這一定是〔二二〕「蒲蘆」也。再不是不成？』李紈笑道：『這難為你猜。紋兒的是「水向石邊流出冷」，打一古人名。』探春看着他，笑問道：『可是山濤？』李紈道：『是。』又道：『綺兒的是「螢」字，打一個字。』衆人猜了半日，寶琴笑道〔二三〕：『這個意思卻深，不知可是花草的「花」字？』李綺笑道：『恰是了。』衆人道：『螢與花何幹？』黛玉笑道：『妙得很！螢可不是草化的？』衆人會意，都笑了說：『妙！』

寶釵道：『這些雖好，不合老太太的意，不如作些淺近的物兒，大家雅俗共賞才好。』衆人都道：『也要作些淺的俗物才是。』湘雲想了一想，道：『我編了一支《點絳唇》，卻真是個俗物，你們猜猜。』說着念道：

溪壑分离，红尘游戏，真何趣？名利犹虚，后事〔一三〕终难继。

衆人都不解，想了半日，也有猜是和尚的，也有猜是道士的，也有猜是偶戲人的。寶玉笑了半日，道：『都不是，我猜着了，必定是耍的猴兒。』湘雲笑道：『這正是這個了。』衆人道：『前頭卻好，末後一句怎麼解？』湘雲道：『那個耍的猴兒不是剁了尾巴去的？』衆人聽了，都笑起來，說：『偏他編個謎兒也是刁鑽古怪的。』

李紈道：『昨兒姨媽說，琴兒妹妹見的世面多，走的道路也多，你正該編謎兒，正用着。你的詩又好，何不編幾個我們猜一猜？』寶琴聽了，點頭含笑，自去尋思。寶釵也有了一個，念道：

鏤檀鍥梓一層層，豈系良工堆砌成？
雖是半天風雨過，何曾聞得梵鈴聲！

——打一物

衆人猜時，寶玉也有了一個，念道：

天上人間兩渺茫，琅玕節過謹提防。
鸞音鶴信須凝睇，好把唏嘘答上蒼。

黛玉也有了一個，念道是：

騄駬何勞縛紫繩？馳城逐塹見猙獰。
主人指示風雷動，鰲背三山獨立名。

探春也有了一個，方欲念時，寶琴走過來笑道：『我從小兒所走的地方古迹不少。我如今揀了十個地方的古迹，作了《十首懷古》。詩雖粗鄙，卻懷往事，又暗隱俗物十件，姐姐們請猜一猜。』衆人聽了，都說：『這倒巧，何不寫出來大家看看？』要知端的，下回分解。

總評

詩詞之俏麗，燈謎之隱秀不待言，須看他極整齊，極參差，愈忙迫，愈安閑，一波一折，路轉峰回，一落一起，山斷雲連，各人局度，各人情性都現。至李紈主壇而起句却在鳳姐，李紈主壇而結句却在最少之李綺，另是一樣弄奇。

最愛他中幅惜春作畫一段，似與本文無涉，而前後文之景色人物，莫不筋動脉摇，而前後文之起伏照應，莫不穿插映帶。文字之奇，難以言狀。

校記

〔一〕原文無『然後按次各個開出』一句，據庚辰本補。

〔二〕此處的『迎地』二字，蒙府本同，庚辰本爲『匝地』。

〔三〕此處的『坤軸限』三字，蒙府本同，庚辰本爲『坤軸陷』。

〔四〕此處的『加絮』二字，原文爲『如絮』，據庚辰本改。

〔五〕此處的『林枝』二字，蒙府本爲『枝林』，庚辰本爲『枝柯』。

〔六〕此處的『艇蓑』二字，蒙府本爲『帶蓑』，庚辰本爲『葦蓑』。

〔七〕此處的『乍停樵』三字，蒙府本同，庚辰本爲『不聞樵』。

〔八〕此處的『閑睡鶴』三字，原文爲『閑睡鴨』，據蒙府本改。

〔九〕此處的『自己』二字，原文爲『自』，據庚辰本補『己』字。

〔十〕原文無『「……别限韵了。」衆人都説：「隨你作去罷。」』一句，據庚辰本補。

〔十一〕此處的『看』字，原文爲『作』，據庚辰本改。

〔十二〕原文無『喜』字，據蒙府本補，庚辰本爲『已』字。

〔十三〕此處的『李紋』二字，原文爲『李綺』，據庚辰本改。

〔十四〕此處的『無限』二字，蒙府本同，庚辰本爲『無恨』。

〔十五〕此處的『寶琴』二字，原文爲『他』，據庚辰本改。

〔十六〕原文無『那』字，據庚辰本補。

〔十七〕此處的『孀娥』二字，蒙府本同，庚辰本爲『媍娥』。

〔十八〕此處的『小丫頭子們』數字，原文爲『小頭子們』，據蒙府本改。

〔十九〕原文無『一』字，據庚辰本補。

〔二十〕原文無『是』字，據庚辰本補。

〔二一〕原文無『是』字，據庚辰本補。

〔二二〕原文無『寶琴笑道』數字，據蒙府本補。

〔二三〕此處的『後事』二字，原文爲『事後』，據庚辰本改。